6
Tatsunokotarou
竜ノ湖太郎
illustration
ももこ
Last Embryo
激鬥！
亞特蘭提斯
大陸
U0074691
問題兒童的
最終考驗
Kadokawa Fantastic Novels

封面、內文插畫／ももこ

Last Embryo 6

Contents

序章

Last Embryo

——那年的克里特島特別受到上天眷顧，農作和漁獲都是近年罕見的大豐收。

儘管已經是遙遠的過往，我卻直到現在仍舊記得橄欖的芳香。

島上這種戴著牛面具跳舞的祭典，同時也是用來感謝神明賜予豐年的儀式。家畜被視為貴重的財產與國寶，平時鮮少擺上餐桌；然而在那一年的祭典中，最強大美麗的公牛成為供奉給神明的祭品，最後由眾人帶著感謝的心情一同享用。看到國民歡欣舞蹈的光景，想必當時年幼的自己在心中牢牢記住了這就是該守護的事物。

從促使我產生王族自覺的角度來看，這場牛面具祭典也很有意義。

以下一任國王的身分學習如何主持祭典後，那天晚上——我和父王一起前往克里特島最神聖的區域。

這個洞窟是眾人皆知的禁忌之地，深得不知何時才能走到終點。要是沒有火把的亮光，甚至連腳邊都無法看清。風聲在洞窟內迴響，讓我感覺到自己彷彿成了在怪物的喉嚨裡前進的小矮人。

看到我拚命對抗恐懼，父王默默地握緊了我的手。

「……你沒有必要感到害怕。此處是希臘最神聖的土地，就連邪惡的精靈也無法闖入。」

我在外面從未聽過父王如此溫和的語氣，不由得睜大眼睛。在希臘諸國中，父王是無人不知的賢王。

讓這個連接希臘與埃及的海洋國家開創出米諾斯文明盛世的父王——吾王米諾斯由於為人嚴峻，即使獲得民眾的景仰卻也同時受到畏懼。

……這樣的父王現在緊握住我的手，就像是在激勵害怕黑暗的兒子。

他並沒有理會因為突發狀況而感到羞愧的我，而是繼續在黑暗中前進。

我不知道後來在洞窟裡又走了多久。

克里特島是個領土廣大的島國，然而自己從未想像過島上有如此深遠的地下洞窟。最深處的空間裡有一池泉水，藏有祕密的地下通路，還散布著許多蜘蛛網與微小的生物。

這些都是此地人跡罕至的證據。

不過話說回來，這種洞窟深處究竟藏有什麼呢？

我聽說過此處是祭司和王族才有資格進入的土地，但是除了祈禱時，這裡並不是和施政特別有關的地方。

難道父王是為了感謝神明賜予豐收嗎——我正在胡亂猜測，父王卻緩緩地開口問道：

「吾兒　　啊，你是否愛著克里特島這片土地？」

「是……是的。」

「是嗎——那麼，這份愛足以讓你奉獻出自己的生命嗎？」

「是的。」

脫口而出的肯定回答讓我本身也感到意外。

父王和我都忍不住看著彼此露出驚訝表情。

「……呵，你果然跟我不一樣，反而比較像我的義父。」

「我像祖父大人？」

「沒錯，我的義父名為阿斯特里歐斯王。他把沒有血緣關係的我和兄弟們養育長大……真的是一位非常溫柔慈祥的人物。」

父王望向遠方，眼裡浮現出他兒時的情景。只是當時的我過於年幼也還不成熟，無法體認到其實父王也曾有過童年。

要是自己更早出生，而且已經成人……

或許這個時候，就能稍微理解父王的苦惱。

「　啊，在這座克里特島上，沉睡著極為駭人的怪物。」

「怪物……？」

「對，而且沒有人知道那隻怪物會在何時甦醒。一旦怪物醒來，克里特島上的居民必須上下一心，共同與之對抗。」

在父王說明的同時，我們到達地下通路的盡頭，也就是真正的洞窟最深處。

巨大空間裡的空氣混著像是潮水的味道。明明是個深不見底的洞穴，似乎卻有哪個地方與大海相連。

來到這個散發出神聖氛圍的海底洞窟深處後，父王才放下我的手。

「然而……我們恐怕無法獲勝，克里特島也會在那個怪物清醒時迎向滅亡。」

「……咦……」

「一切都是不可抗力，　　　　啊。因為那是命運，面對這顆星球誕生時就註定的毀滅，人類又能如何反抗？」

——憑人類的力量，絕對無法違抗命運。

看到父親以看透一切的態度講出這些話，我不禁產生比剛才身陷黑暗時更強烈的恐懼感。身為人子，「父親」是一種具備絕對性的存在。更何況他還是一國之王，對我來說根本與神同等。

這樣的神，這樣的國王，這樣的父親……卻已經放棄了國家的未來。

這個事實使我既害怕又悲傷，可是又覺得哭泣是輸給恐懼的表現，只能拚命忍住淚水。

「我在獲得王位的同時接受了這個命運……但是，沒有必要連你也跟我一樣。」

「咦？」

「你有你自己的王政。如果你具備抵抗命運的意志，我能夠傳授你可用的手段。不過那樣必須付出巨大的代價，你本身的存在會遭到歷史遺忘，真正的名字也不會留存在任何人的記憶裡。換句話說，你這個人將不會留下任何軌跡……即使如此，你挑戰命運的決心依然不變嗎？」

「是的。」

聽到我立刻回答，父王眼中閃過悲傷神色，隨後伸手用力摟住我的肩膀。

「　　，我的兒子啊。從今以後，你就捨棄原本的名字，和我的義父同樣以『阿斯特里歐斯』為名吧。」

「……阿斯特里歐斯（Asterios）……這是源自於星空之神的名字嗎？」

星空之神阿斯特萊歐斯（Astraios）。

據說這位神靈是天空閃耀眾星的的父神。

然而父親卻緩緩搖了搖頭。

「不，這名字被用來賜予最偉大神明的化身（Avatar），也是為了隱藏『星空』與『雷光』這兩個天的化名。一旦領受這個名字，你的人生就不再屬於你個人。既然繼承了『阿斯特里歐斯』之名，你總有一天將會背負起和希臘最強的戰士攜手對抗那個怪物的命運。」

父王拿出懷中的權杖，跪在地上抱住我。

「我也會用我的手段去削弱那個怪物的力量。要是一切順利，想必能對這個時代的命運造成一些影響……不過，我恐怕會因為這個罪過而落入地獄。」

說到這邊，父王露出自嘲的笑容。

我出生於「地獄」這種概念尚未確立的時代，當時並沒能理解父王提及的地獄到底是什麼樣的地方。

畢竟，自己是到了距離此刻很遙遠的未來，才終於得知父王死後的始終。

「——好了，你要牢牢記住這一幕。這是沉眠於這座克里特島上的最大神祕——山銅（Oreikhalkos）的奇蹟！」

父王站了起來，舉起權杖往前一指。於是充滿靜謐氛圍的空間突然一分為二，大海的另一端也開始溢出光芒。

目睹這種火把亮光根本無法與之相提並論的耀眼光芒，讓我產生眼前彷彿出現星空的錯覺。

然而注意力剛被這個美景奪走後沒多久，全身就像是發了高燒般地逐漸發燙，臉頰也如同著火般地灼熱，覺得自己簡直不再是自己的恐怖感襲擊而來。

「不久之後，你將會面對作為人類的死亡。但是不需要害怕，因為你會成為偉大神明的化身，在幻想大陸亞特蘭提斯上再度甦醒。」

父親強壯的右手輕輕撫摸我的臉。

嘴裡呼喚著我已經失去的名字。

「原諒我，　　。或許你無法相信……不過我真的隨時都惦記著你們。」

我可以感覺到父王的右手微微顫抖。是因為身為父親的愛情嗎？還是因為接下來要做出的罪行讓他感到恐懼？現在的我已經無從推測。

因為一切都只是遙遠的過去，成了被埋藏在歷史暗處的往事。

何況——在夢幻泡影中敘述的過往，究竟又有多少價值？

我想守護的國家早已不復存在，和父王對話時展現的決心也失去了可遵循的指標。

「——」

即將從睡夢中清醒的感覺開始湧上。

意識化為細浪，沖走了遙遠過去的殘響。

故鄉克里特島已經不幸因為災害與戰爭而滅亡。

雖然感到寂寥，內心卻沒有任何怒氣。

所謂時代，是一條由活在當下的人們匯聚而成的巨大運河。

只要遙遠未來的克里特島能夠迎接平穩的未來，那樣就已經足夠了。一旦有了過度的期待，恐怕反而會導致願望扭曲。

獲得「阿斯特里歐斯」這個自己配不上的名字，連王位都無法坐上的怪物當然沒有資格貪求更多。

在半夢半醒之間飄蕩的那瞬間——因為無法守住對父王的誓言而感到愧疚的我慢慢地睜開眼睛。

＊

（……唔，我現在是處於什麼狀況？）

由於可以聽到潮水的聲音，阿斯特里歐斯推測目前的所在地大概距離海邊不遠。

受到懷念的橄欖香氣引導，意識清醒過來的他一邊裝睡，同時開始回想自身的遭遇。

（我記得……應該是在護衛鈴華前往赫拉克勒斯的石柱（Pillar）途中，遭到那些牛面具原住民的襲擊。說起來連自己都覺得丟臉。）

那是出乎意料的事態。

當時被岩石巨人追殺的阿斯特里歐斯和彩里鈴華試圖穿越森林，半路卻殺出那些原住民。陷入混亂的原住民、鈴華和岩石巨人都把彼此視為敵人，阿斯特里歐斯也因此受到波及。運氣不好的他撞到後腦而失去意識，後來恐怕是落入原住民的手裡。阿斯特里歐斯之所以繼續裝睡，就是為了掌握周圍到底有多少人。

（可以感覺到很多動靜……而且聽起來相當吵鬧，是不是正在舉辦什麼活動？）

他注意到手腳都沒被捆綁起來。

既然可以聽到這麼多人的聲音，可見周圍並沒有遮蔽物，完全不像是用來關押俘虜的環境。

阿斯特里歐斯忍不住懷疑自己或許是被當成了客人，這時——

宣布宴會開始的鼓聲突然響起，讓他不由得吃了一驚。

「……這……」

響起的不只是鼓聲。

先有或高或低的巧妙笛聲點綴廣場，接著傳遞喜悅的歌聲和舞蹈也讓舞台熱鬧了起來。從地底深處汲取燃料的煤氣燈發出光芒切開夜幕，展現出宛如白晝的喧騷光景。

要是豎起耳朵，還可以聽到獲准熬夜的孩子們發出快樂的笑聲。

建造於湖畔的廣場接連推出戲劇和音樂表演，居民們拿著酒杯欣賞演出，同時享用為今天準備的美食。

阿斯特里歐斯正感到滿心驚訝，有個看來像是祭司的女性一臉欣喜地跑了過來。

「啊啊！吾王！您醒了嗎！」

「妳……妳為什麼叫我『吾王』？還有這裡到底是……？」

「這裡是克里特人的第二故鄉，亞特蘭提斯大陸上的克諾索斯宮殿。為了慶祝阿斯特里歐斯王的到來，我們舉辦了一場小規模的宴會。」

眼中閃著淚光的女性祭司跪了下來，捧起阿斯特里歐斯的手。

阿斯特里歐斯完全無法理解目前的狀況，對方如同發誓效忠的舉動更是讓他困惑到連話都講不出來。況且追根究柢來說，這些人自稱是克里特人的行為又是怎麼一回事？

察覺阿斯特里歐斯的混亂心情後，女性祭司擦去眼淚露出微笑。

「您的困惑是正常反應。但我等確確實實是您以前的國家——米諾斯王統治之國的後裔。」

「怎……怎麼可能！」

阿斯特里歐斯忍不住激動反駁。

坐起身子的他抓住祭司的肩膀，一邊用力搖晃一邊連聲質問。

「少騙我！我看過遙遠未來的文獻，知道克里特島遭到災厄襲擊！！文獻上寫了，我那個時代的米諾斯文明……已經在我死後數十年因為火山噴發與戰爭而滅亡！難道妳想聲稱是那個文獻錯了嗎！」

正如阿斯特里歐斯所說——在他死後，兩種禍患侵襲了米諾斯文明盛極一時的克里特島。其中之一是威力強大到足以**粉碎**克里特島的毀滅性火山噴發。若與日本相比，克里特島當時的面積約和四國相等，大爆發卻劇烈到甚至改變了島嶼的外型。

據說那無疑是一場覆蓋天空，遮擋陽光，超越國境，喚來死亡並引起寒冷的巨大災害。

「……是的，您說得沒錯，阿斯特里歐斯王。我等克里特人原本註定在克里特島最繁盛的時期遭遇毀滅……位居愛琴海中心的克里特島在不同文化的境界上開創出盛世，也在您的時代付出了代價。」

愛琴海底存在著兩個重合的大陸板塊，克里特島則是誕生於大陸與大陸之境界上的特殊土地。

別名：星之大動脈——也是被稱呼為星之大鍋的地區。

承受這種恩惠與威脅的地區能夠建構出高度的文明，然而另一方面，據說也必須承擔隨時暴露在星之氣息下的危險。

克里特島自然也沒有成為例外。

作為連接希臘文化圈與埃及文化圈的海洋國家，迎接昌隆時代的米諾斯文明終究還是得接受這個滅亡的未來。

「但是諸神並沒有捨棄我們。為了在終極毀滅來臨之際把我們召喚到這片亞特蘭提斯大陸上，諸神賜予了恩惠。也就是在名為『必然毀滅』的匯聚點上，使用了『從歷史觀點上退場』的召喚方式。」

起因於「歷史轉換期（Paradigm Shift）」的匯聚點並非必定要受限於單一事實。

就像釋天以前舉例過的織田信長，在歷史上被視為已經死亡卻還有生存論繼續流傳的人物會以「從歷史上退場」的形式被召喚到箱庭。

因此諸神大概是反過來利用「克里特島上的居民在火山大噴發時離開國家融入其他民族」的傳說，把這些人召喚到這個箱庭世界。

「在成為死亡大地的克里特島上滅絕的人們、在後世戰爭中被消滅的人們，以及被召喚到亞特蘭提斯大陸上的人們……我等克里特人的下場就是區分成了這三種可能性。」

「原……原來是那樣。」

聽過祭司的解釋後，因為事出突然而陷入混亂的阿斯特里歐斯總算逐漸恢復冷靜。他心想父王說過的對策或許就是指這件事。

而且只要假設所謂的怪物是指毀滅性的火山噴發，一切就能推論出合理解釋。對人類來說，源自星之大動脈的崩壞是一種絕對無法逃離的大災害；更何況阿斯特里歐斯等人生存於公元前二〇〇〇年，在那個時代能做到的事情更是有限。

為了回避無法逃離的毀滅，也為了回避無法得救的結局，希臘諸神才把這些人召喚到這個箱庭。

「……感謝希臘的諸位神明，也很抱歉我剛才懷疑你們。」

「不……請您抬起頭來，吾王。我們被召喚至此之後，據說已經過了三百年。這三百年來，突然受到召喚而不知所措的我們被迫在未開的荒地過著艱困的生活——但是預言告知總有一天我等的王也會受到召喚，眾人才能以此作為心靈支柱支撐至今。」

看到祭司擦著眼淚似乎很是欣喜，阿斯特里歐斯露出尷尬的表情。他確實身為王族，卻也是希臘最有名的怪物。

牛頭怪物彌諾陶洛斯。

一般認為這個怪物在噬殺幼童的恐怖儀式裡身為主軸，要是把和怪物被視為同一存在的阿斯特里歐斯奉為國王，是不是會在這個國家留下禍根？

「抱歉，祭司，我可以請問妳叫什麼名字嗎？」

「實……實在是失禮了，居然忘了先自我介紹。在下是擔任祭司的阿卡希亞。」

「這樣啊。那麼阿卡希亞，我是阿斯特里歐斯……不過這名字源自我的祖父，稱呼我為阿斯特里歐斯二世或許比較正確。另外，我同時保有彌諾陶洛斯的靈格……所以一旦把我奉為國王，對這個國家恐怕反而有害。」

畢竟彌諾陶洛斯是食人種。

也就是只把人類作為食用對象，惡性極為重大的種族。

這種只殺害智慧生命的性質被視為和殺人種為同類，實際上在諸神的箱庭裡也經常遭到隔離。

目前之所以沒有遭到外界警戒，是因為西鄉焰保有太陽主權，而阿斯特里歐斯處於追隨那主權的狀態。即使如此，還是必須充分考慮他成為國王後引起負面批評的可能發展。

然而阿卡希亞卻緩緩搖了搖頭。

「……吾王，請您千萬不要自我貶低。我等不但知曉一切，而且依然願意擁您為王。」

「但是……」

「吾王，能否請您先聽聽我們的說明？這片亞特蘭提斯大陸的祕密，彌諾陶洛斯傳說的真意，還有——您的父王米諾斯王為什麼必須殺害年幼孩童作為祭品……其實所有事情都互有關聯。」

阿卡希亞這番話讓阿斯特里歐斯皺起眉頭。

她雖然聲稱彌諾陶洛斯傳說背後另有真相……可是這個謎題不是已經被焰他們解開了嗎？羅患天花的阿斯特里歐斯死後，為了讓他的靈魂能夠安息，會以八年為週期獻上兒童作為祭品。而吃掉那些兒童的凶手就是名為彌諾陶洛斯的食人怪物。

在歷史與傳說中都如此流傳的世界透過立體交叉並行世界論來確立了其存在，於是雙方都成為現實，被定義為實際存在的世界。

既然以結果來說雙方都會走上相同的結局，那麼最終對世界的影響力也不會改變。所謂的宇宙容量相同就是指這種情況。

「俗話說百聞不如一見。請您先移駕到宮殿，我們會在那裡解釋……沉眠於這片亞特蘭提斯大陸上的巨大怪物的一切。」

阿斯特里歐斯依然滿心不解，祭司阿卡希亞卻拉起他的手走了出去。

民眾以歡呼和掌聲迎接阿斯特里歐斯，鼓聲也越發激烈，充滿律動的節奏震撼著夜幕。他回想起過往的祭典，察覺這個音色和自己生活的時代並沒有什麼不同，不由得咬住嘴唇。

來到這片和故鄉有著相同芳香的大地，讓阿斯特里歐斯產生鄉愁，也因此感到喜悅。

然而祭司阿卡希亞先前才說過他們是在三百年前移居至此。

被丟到這種蠻荒之地，這些人肯定吃了許多苦頭。只是耗費了如此漫長的歲月，文明卻幾乎沒有進步。真的……一**切都和當時相同**。

對於見識過遙遠未來的阿斯特里歐斯來說，這恐怕是讓他最為心酸的事實。

如果這就是從歷史上消失的國家實際延續後的結果，那麼米諾斯文明長年以來到底積攢了什麼？

這種停滯，難道不正是國家理應滅亡的證據嗎？

舉辦宴會慶祝國王歸來的眾人並未察覺阿斯特里歐斯這種心情，一直歡騰熱鬧到破曉時分。

——失落的傳說大陸，亞特蘭提斯。

在阿斯特里歐斯生活的時代，這片大陸應該並不存在。

此地等待眾人的考驗究竟會多麼嚴苛……目前還無人知曉。

精靈列車發出汽笛聲，朝著森林緩緩下降。

正常來說，載運主辦者和出資者的精靈列車在亞特蘭提斯大陸上降落應該是一種根本不可能發生的事態。就連逆迴十六夜也一臉嚴肅地看著在空中滑行的精靈列車畫出弧線逐漸往下的光景。

「總算給我下來了。如果能找到神王大人直接打聽消息，那就是最迅速省事的辦法。」

聽到十六夜的自言自語，久遠飛鳥露出訝異的表情。

「神王？你說的神王是指因陀羅先生嗎？連那麼了不起的人都來了？」

「那是當然，畢竟他可是主辦者之一……嗯？話說回來，大小姐妳是怎麼來到這個亞特蘭提斯大陸的？」

「我嗎？我只是通過了預賽而已，另有名額開放給沒有太陽主權也沒有太陽相關傳說的一般參賽者。只是『天之牡牛』事件導致進度延遲，最後總算勉強趕在第一天內到達此地。」

聽完飛鳥的回答，春日部耀也拍了拍手像是想到了什麼。

「對喔，預賽會場是不是整個都被『天之牡牛』吹壞了？我還聽說那時有參賽者出面協助大家避難……該不會就是飛鳥？」

「是我沒錯，不過還有其他人幫忙。尤其是以兩把長槍為武器的金髮男孩只用很強還不足以形容。根據阿爾瑪的說法，光是預賽就有七個實力接近神群最高位的強者參戰。」

「哦……」十六夜也從旁回應。他知道大會另外準備了一般參賽名額，卻很意外預賽中居然躲藏著實力如此堅強的人物。

「不愧是太陽主權戰爭，看樣子連預賽的水準也很高。除了大小姐，還有什麼人通過了預賽？」

「我記得武勇部門是剛剛說過的男孩，智勇部門則是一個看起來像東方人的參賽者。另外有幾個人也表現得不錯，但最後是我們三個人出線。」

「哦……要是那兩個人能突破亞特蘭提斯大陸這一關，將來說不定有機會碰頭。」

十六夜隨口回應，同時繼續觀察上空狀況。

這些事情聽來有趣，然而目前另有許多該處理的事情。

他轉頭看向後方被綁著的兩名青年——阿周那與黑天。

「阿周那與黑天……雖然也很有可能是阿周那自稱黑天，不過那樣一來，《神之歌》（薄伽梵譚）由誰所寫的問題就會出現更加嚴重的矛盾。採用雙方是不同人的假設看來是賭對了。」

就算獲得拉彌亞提供的情報，十六夜等人也不是因為有了絕對的把握才推動捉捕兩人的作戰計畫。

他們是決定選擇可信度最高的推測，結果精彩地中了大獎。

「想想真是難得，對於這種來自他人……而且還是來自敵人的情報，十六夜居然願意直接相信並採取行動。」

「那是因為我原本就對阿周那起了疑心。在得知他和『Avatāra』一起行動時，我已經認定其中肯定有什麼內幕。畢竟身為第八化身的黑天也就算了，沒有關聯的阿周那卻獨自加入『Avatāra』……這種狀況怎麼看都很不自然吧？」

聽完十六夜的考察，飛鳥似乎有點不服氣地在胸前環抱雙手。

「什麼嘛……原來十六夜並不是無條件相信我們的情報，而是腦中早就已經整合好意見了嗎？」

「決定性的關鍵還是大小姐提供的情報啦，實在多謝。」

十六夜手以手扠腰，呀哈哈笑著回應。

就在這時，西鄉焰與彩里鈴華從後方的獸徑冒了出來。

「我們發現安靜下來了所以過來看看情況……一切還順利嗎，十六哥？」

「是……是說，飛鳥小姐和耀小姐沒事吧？剛剛好像這裡那裡都傳出很嚇人的轟隆聲響！」

「嘻嘻，我們沒事。」

「戰況比原本預估的還棘手點，不過大家都平安。那些原住民還好嗎？」

「這邊也沒事。」

「那就好，所以接下來的問題是……到底該如何處理阿周那他們。」

所有人一起看向兩名青年。

十六夜等人雖然把阿周那抓了起來，但他仍然保有參賽者的身分。眾人沒有權力奪走阿周那的生命，也無法要求他退賽。

話雖如此，一旦阿周那恢復意識，想必會立刻掙脫這種程度的束縛。

「十六哥，那個黑髮男子就是黑天嗎？」

「沒錯，Krishna（黑天）的字義是『黑色』，因為尊奉他的信徒是非雅利安種族的土著原住民；相較之下，身為神王因陀羅之子的阿周那似乎被認為是白色人種雅利安人的後裔。」

十六夜的語氣極為冷淡，幸好現場沒有人知道他藏在話中的感情是多麼強烈。

「十六哥，我知道現在講這種話不太妥當……但是那個……阿周那他……」

「我知道，你想說他是個好人吧？」

看到十六夜露出看穿一切的笑容，焰賭氣似的把臉轉開。

十六夜把手扠在腰上，臉上依舊掛著賊笑。

「你放心，我既然以參賽者的身分來此，自然不會危害這傢伙。只要把想問的事情都問完，就可以乾脆把兩個人都給放了。」

這句話讓在場所有人都懷疑起自己的耳朵。

畢竟十六夜打算隨便放走經歷過一場死鬥才終於抓到的黑天，這也是理所當然的反應。

飛鳥以充滿懷疑的眼神瞪向十六夜。

「等一下，十六夜，這話我可不能聽過就算了。你忘了那傢伙身體裡潛藏著什麼怪物嗎？沒有任何限制就放他走會不會太危險？」

「我當然會提出條件。不過從現實角度考量，妳認為我們有辦法一直扣住黑天嗎？」

聽了十六夜的反駁，飛鳥只能不甘心地閉上嘴巴。

想繼續扣住黑天，就代表需要負責監視他的人手，也必須準備用來囚禁他的場所。

但是缺少人才的「No Name」和身為新興共同體成員的飛鳥都沒有這種餘力。在禁止參賽者殺害彼此的主權戰爭中，或許參賽者之間的武力抗爭只是一種沒有意義的行為。

「況且還有其他人更需要提出庇護申請……總之我們應該讓那個白色美少女和持斧羅摩離開這片大陸。」

「……啊，也對。黑天的目的是殺死那兩人，所以只要她們受到庇護，就能避免在遊戲中再起衝突。到時即使把他放了，基本上也不會有問題。」

「沒錯，至少兩人的安全能暫時獲得保障。換句話說接下來的關鍵是參賽者和參賽者之間的競爭。」

「喔喔……這樣聽起來還真是健全的遊戲！鈴華小姐我認為所謂的遊戲就是要大家互相合

作或彼此競爭才是最棒的！」

鈴華舉起右手發表主張。畢竟她的感性最接近一般現代人，難免覺得打打殺殺的行為過於野蠻。

春日部耀雙手抱胸思考了一會兒，卻突然抬起頭來像是想到了什麼。

「說起來……白夜叉在遊戲快開始前好像也講過類似的話。」

「白夜叉？」

「既然是遊戲快開始前，那我跟大小姐都不知道內容……她說了什麼？」

「呃，我記得應該是──」

就在此時，精靈列車發出響亮的汽笛聲，在附近的海岸著地。

耀的發言也因此被汽笛聲蓋過。

「好吵的汽笛聲……不好意思，春日部小姐，妳可以再講一次嗎？」

「……沒關係，晚點再說。先去找釋天先生打聽消息吧。」

雖然不知道精靈列車為何出現，不過既然選擇在抓到黑天與阿周那的這個時機降落，應該是有什麼事情要對十六夜等人說明。

看到精靈列車的車門逐漸開啟，所有人都屏息以待。

然而車門打開之後──車內出現的卻是一對螢光粉紅色的兔耳。

「飛鳥小姐～！真的好久不見了～！」

黑兔蹦蹦跳跳地衝向飛鳥。

第一次見到縮小版黑兔的飛鳥雖然吃了一驚，還是伸手抱住黑兔。

「黑……黑兔！妳怎麼變成這種可愛的樣子？」

「哼哼哼！飛鳥小姐不在的期間，人家也經歷了很多事情，現在是以這種外表來擔任太陽主權戰爭的司儀！看到飛鳥小姐變得如此優秀，人家真是與有榮焉！」

黑兔豎著兔耳，開心慶祝與飛鳥的再會。

「箱庭貴族」——身為帝釋天的眷屬兼著名的「月兔」，她的種族被描寫成堅韌不屈又充滿奉獻精神的象徵。

「月兔」一族都具備強大的力量，黑兔更是持有眾多神格武器。然而她把一部分武器出借給十六夜，因此靈格遭到削減，目前只能維持年幼的外貌。

飛鳥也帶著笑容點了點頭，很高興地摸著黑兔的兔耳。

「雖然我已經從『No Name』獨立出去，但是預定會在近期加入大聯盟。那樣一來，以後就能再次跟大家一起參加遊戲。」

「YES！您已經決定好在哪裡設置根據地了嗎？」

「我一直沒找到適合的地方，不過大約三個月前收到來自北區和南區的邀請，詢問我有沒有意願擔任『階層支配者』，所以正在評估——」

——嗯哼！男性的咳嗽聲打斷了飛鳥的發言。

黑兔抖著兔耳嚇了一跳，連忙把位置讓給後方的男性。

「真……真是非常抱歉，釋天大人！人家一不小心就只顧著敘舊……！」

「好了，沒關係，畢竟妳也很辛苦。等第一次公告結束後，妳可以在不影響遊戲流程的範圍內繼續聊。」

YES！黑兔回應釋天，接著取出麥克風。

看樣子他們不光是來見十六夜等人，還另有其他目的。

幾乎在場所有人都不解地歪著腦袋面面相覷，這時參賽者持有的「契約文件」開始發出光芒。

「啊……試音試音——那麼各位參賽者請注意！現在開始發表第二次太陽主權戰爭的進度報告！請正在探索的參賽者暫停行動，正在交戰的六組人馬也暫時休戰，仔細聆聽以下內容！」

「契約文件」把黑兔的發言轉換成文字，傳達給各參賽者。

站在耀旁邊的十六夜雙手抱胸，探頭看向她手上的「契約文件」。

「我說春日部，過程報告是什麼啊？」

「就是公布參賽者們目前遊戲進度的報告。聽說只要滿足條件，甚至可以在發表過程報告時離開這片大陸。」

「哦？」十六夜發出感到意外的聲音。既然叫作「離開條件」，想必是針對參賽者基於某種理由而無法繼續進行遊戲的狀態。可是這下仍有疑問……實力足以參加太陽主權戰爭的猛者們真的需要這種貼心安排嗎？

（或者……參賽者有可能陷入絕對無法破解遊戲的狀況？）

至今為止的戰鬥幾乎全都是參賽者之間的小規模衝突。

並不是攻略亞特蘭提斯大陸上這場遊戲時發生的障礙和敵人。

雖說參賽者的水準極高導致衝突的戰況激烈，但實際上眾人只不過才來到解謎的入口。

根據之後的發展，想必真有可能出現無法通關的狀況。

「那麼──第二天結束的現在，到達第一關卡的共同體……居然只有令人驚訝的五組！這個數字遠低於營運委員會的預估，諸位出資者也大失所望！」

「……嗯？」

「……哦？」

聽到這番等同挑釁的公告內容，十六夜和耀都瞇起雙眼冒出青筋。

另一方面，突破第一關卡的飛鳥則是很自豪地撥了撥頭髮。

背後直冒冷汗的黑兔繼續發言。

「另外在此報告，由於第一關卡已經遭到突破，亞特蘭提斯大陸各地都出現了新的難題。若有參賽者想申請放棄第一戰，請於『契約文件』上簽名，並主動前來精靈列車報到。」

黑兔收起麥克風的同時，「契約文件」也失去光芒掉到地上。

不過公告才剛結束，耀立刻動手拉扯黑兔的兔耳，黑兔只能發出走了音的慘叫任她擺布。

看到兩人的互動，飛鳥也以一臉懷念的表情加入玩弄兔耳的行列。

御門釋天以手扠腰，很不以為然地開口抗議。

「我說你們這群問題兒童，懷念歸懷念，也別太欺負我家的眷屬。」

「哎呀，把黑兔當成自己所有物的態度可不妥喔，軍神大人。因為她是大家的共有財產。」

「沒錯沒錯，想擺出身為黑兔主神的架子，必須給出夠水準的恩賜才行。」

「說得很對，我看就從安排『護法神十二天』成為『No Name』的出資者開始吧。」

飛鳥、耀、十六夜這三個問題兒童分別反擊，還看著彼此連連點頭。黑兔卻因為他們的冒犯言論而慌張不已。

如果「護法神十二天」能成為「No Name」的出資者，確實是最讓人安心的靠山。

畢竟他們是被評論為最強武神群的集團，賜予的恩惠也必定很有實際助益。

就像是要回應眾人的期待，保持手扠腰姿勢的釋天露出自負不凡的笑容。

「哼哼，要求身為神王的我成為出資者還真是獅子大開口。但你們畢竟是奪冠熱門，前途有望的戰士理應獲得偉大神明賜予的恩惠，倘若你們無論如何都想仰仗我的權威……」

「「「不，我們只是配合氣氛隨口說說而已，並不是真的想要。」」」

「嗚呃！」大受打擊的神王因陀羅整個人往後仰。

才剛高高在上的對應就被回嗆其實不需要加護，大概沒有哪個神明不會因此受傷。

然而從十六夜等人的立場來說，這種反應只是理所當然。

因為三人事先聽說過的因陀羅評價全都亂七八糟，有人說他是「天界的不良大哥」，也有人說他是「一旦行動就只會畫蛇添足的廢神」。

（是啦，釋天事先安排對策和預測遊戲發展的能力確實很了不起，但是講到拜託他成為出資者，感覺成為炸彈的機率有點太高。）

釋天並不像黑天那樣擁有未來預知的能力，卻可以接二連三地預先安排對策，顯然可以認定是合乎理想的遊戲掌控者。

雖說作為神明只是三流，然而不愧是被稱呼為英雄神的人物，若從評論英雄英傑的層面來看，他或許具備了極為優秀的素養。

好不容易重新振作的御門釋天再度咳了一聲，把視線轉到焰和鈴華身上。

「總……總而言之！經歷那麼激烈的戰鬥後，很高興看到焰和鈴華也平安。你們兩個沒有受傷吧？」

「「不必在那裡假惺惺了，還不如快點把五億日幣還來啊你這個混帳。」」

「嗚啵啊！」御門釋天按著胸口，發出比剛才更奇怪的慘叫聲。
看樣子他自己也是心知肚明。
飛鳥、耀和黑兔都是第一次聽到五億這事，三個女孩吱吱喳喳地討論起來。
「咦？五億日幣？五億日幣是什麼意思？」
「焰小弟他們要釋天先生還錢，所以可能是借款？」
「唔唔唔？人家不太清楚外界的貨幣價值，換算成金幣的話大約是多少呢？」
「呃……如果換算成『Thousand Eyes』發行的金幣，我想差不多是七千枚？」
「釋天大人請您立刻還錢！現在！馬上！立刻還錢！」
看到黑兔豎著兔耳大發雷霆，御門釋天只能冒著冷汗把臉轉開。毫無疑問，他正在以最快速度邁向最強軍神（恥）的寶座。
久遠飛鳥從旁邊對他投以充滿輕蔑的視線。
春日部耀這時才注意到自己肚子開始餓了。
倒是逆迴十六夜的反應讓人意外，他強忍著笑意，開口為釋天說情。
「我說你們兩個就原諒他吧。畢竟神王大人準備的道具並不是完全沒派上用場，那些東西拯救了兩條人命，所以起碼該等到回去原來世界以後再找他要債。」
「喂喂你等等，這些話根本是幫倒忙吧！」
御門釋天滿心焦躁。憑他在外界的收入，要還清五億日幣不是一朝一夕能夠辦到的事情。

然而站在神王的立場上，他當然不能直接哭窮。

「總……總之！這筆債我以後會一口氣處理，可是十六夜你們的戰果又是怎麼回事？」

「什麼意思？」

「雖說一路走來確實是禍不單行，但我原先可是猜測你們能最早到達第一關卡。結果看起來卻出乎意料的受創慘重，到底是出了什麼狀況？」

遭遇釋天反擊的十六夜跟耀不高興地悶不吭聲。

兩人後方的飛鳥卻洋洋得意地撥著頭髮。

「嘻嘻，看樣子這次是我的共同體領先一步。」

「是啦是啦，隨便妳想怎麼炫耀都行。但我要說即使如此，這邊也已經解開了謎題。」

「果然有一套，不過連續對付赫拉克勒斯與黑天想必負擔還是太重。總之你要是以這種誤解遊戲主旨的狀態繼續下去會有危險。」

……誤解遊戲主旨？十六夜等人都歪著腦袋感到不解。

釋天並沒有注意到眾人的疑問，而是檢查起十六夜的傷勢。

「……如此嚴重，你應該將近極限了吧，十六夜？」

「老實說真的難熬，身體沉重到站不起來。為了後續賽程，麻煩給我一些營養劑吧神王大人。」

「別囮好處了你這笨蛋，我又不是你們的出資者，當然不可能特別偏心。」

對於釋天這番像是在報復先前挖苦的斥責，十六夜聳了聳肩完全不當成一回事。

「真是的……焰，你怎麼想？」

「什麼叫作我怎麼想？」

「我在外界住了那麼久也不是白混的，對粒子體多少還是有些了解。十六夜在昨天的戰鬥中消費了血中粒子並造成貧血，但今天這場戰鬥的後遺症應該不只那種程度。」

聽到釋天正確到讓人有些意外的指責，焰也明白這下沒辦法繼續隱瞞。

「嗯，我想大致上是那樣沒錯。十六哥，你現在連內臟功能都發生異常，腦袋已經不太清醒了吧？在這種狀態下你還想怎麼辦？」

「……話是那樣說，可是也沒有其他辦法吧？那種狀況下要我還能怎麼做？如果我沒出手，春日部大概已經掛了。」

「我知道，我不是責備你之前亂來，而是希望你不要用那樣的身體再硬撐下去。」

換句話說，焰似乎想要求十六夜好好休息。問題是當前情勢讓他無法照辦，畢竟除了太陽主權戰爭，十六夜和焰必須去做的事情簡直多到數不清。

根據黑天宣稱的毀滅性火山噴發時限來計算，老實說現在的狀況已經非常緊迫，根本不是參加主權戰爭的時候。

「這次的遊戲允許參賽者棄權。這身傷勢萬一惡化，恐怕會影響今後的戰鬥。所以只要十六夜你願意，大可以和焰一起退出第一戰……」

「釋天，你先等一下。」

這句話還沒講完就被焰硬生生打斷。釋天吃了一驚，他原本以為焰會跟自己一樣建議十六夜棄權。

「釋天，我終於明白了……明白自己被叫來參加這個主權戰爭的理由。」

「……哦？」

「就算想拯救世界，我和十六哥手上的情報也還不夠。不管是關於毀滅性火山噴發的詳情，還是那個使用白化症患者進行實驗的組織。要是從神明的角度來看，說不定甚至有什麼**我們早該知道卻還不知道的事情**。所以自己有必要參加這場主權戰爭，透過其他觀點去了解事實……籠統解釋起來大概就是這種感覺吧？」

釋天沒有肯定也沒有否定，只是雙手抱胸，示意焰繼續說下去。

「如果真是那樣，或許在這片亞特蘭提斯大陸上還有我們必須知道的情報，而且我也有好幾件事想跟十六哥確認一下……因此我本身還不能棄權，也不能讓十六哥棄權。」

既然決心對抗命運，就會有許多事情必須去了解釐清。

也會有堆積如山的問題必須去處理解決。

一旦開始行動，再也沒有時間修正路線。

甚至基本上他們連是否能趕上時限都無法確定，只能邊摸索邊進行。

「……好，我明白焰的意見了。十六夜呢？」

「這邊打從一開始就沒打算棄權。我會在太陽主權戰爭中獲勝，也會阻止別人在自己的故鄉胡作非為……特別是關於外界的未來，我還有一些感到在意的地方。」

講到這邊，十六夜把視線移向春日部耀身上。幾乎在場所有人都察覺出十六夜的言外之意。

（春日部曾經明確說過……她來自更遙遠的未來。既然如此，她對我們那個時代發生的事件很可能有什麼情報，甚或是知道什麼解決的辦法。）

面對現在的狀況，已經沒有挑選手段的餘裕。依序從最有可能解決問題的部分著手就是最有效的方法。

「為了達成目標，我們首先要以最快的速度破解第一戰的謎題。因為正如焰所說，太陽主權戰爭中應該有哪個傢伙跟外界發生的事件和現象有著密切關聯。至於我的身體，只要一邊打聽情報一邊治療就行。所以從整體來看，這才是削減最多時間的最佳策略吧？」

「……原來如此，這就是你的意見嗎？」

簡而言之，十六夜似乎打算稍微休息一下就和以前一樣大展身手。

而且讓人傷腦筋的問題是，十六夜擁有執行這個計畫的能力。只要他起心動念並實際行動，想必可以達到解開遊戲謎題的目標。

（真是的……我就是想指責這種心態啊。）

釋天面露苦笑，思索接下來該如何對應。

旁邊的焰以視線警告釋天休想把五億日幣的事情隨便矇混過去，同時傳達出「十六哥當然沒辦法再戰鬥下去，無論如何都必須安靜休養一個星期」的意見。其他人的想法也和他一致。

然而身為主辦者之一的釋天無法繼續制止十六夜。對於還具備戰鬥意志的參賽者，他沒有強制對方退場的權利。

如果真要說誰擁有那種權利……

「我說春日部耀，身為『No Name』的領袖，妳對十六夜繼續參戰這事有什麼想法？」

「我嗎？」

釋天移動視線看向耀，其他人也跟著做出相同行動。

她是「No Name」的領導人。

論起立場，屬於有權對十六夜發出指示的人物。而且說過十六夜起碼該靜養三天的人正是春日部耀，應該可以認定她心裡已經有了定見。

耀面無表情地靠近十六夜，稍微歪了歪頭。

「呃……十六夜，你打算怎麼做？你想用這副身體，跟平常一樣繼續撐下去？」

「怎麼可能，我不是說了要一邊打聽情報一邊稍作休息嗎？」

十六夜隨便揮了揮手。先不管他內心的真正想法，看來願意休息的發言不是謊話。就算是十六夜本人，想來也沒打算以目前的狀態戰鬥到底。

話雖如此，大家依舊不相信他會老老實實休息。畢竟講得直接一點，這傢伙可是問題兒童中的問題兒童，想必他無論如何都會找出各種歪理投入前線。

耀像是很懷念地輕笑一聲，往前再踏出一步。

「十六夜，我們會好好打聽釋天先生那邊的情報，你先休息一下。我看你的腦袋好像也不太願意運作了，要是不好好睡覺，傷口不會復原。」

「……啥？為啥妳要說這種話……」

一切都發生在轉瞬之間。

十六夜才剛露出懷疑神色，春日部耀就一個箭步貼到他的胸前，以簡直要打出洞的力道揮拳擊向十六夜的心窩。

「嗚——！」

「春……春日部小姐？」

飛鳥發出驚愕的叫聲。

這一拳造成不像是打中人體的恐怖聲響。

遭受奇襲的十六夜還來不及發怒就失去意識，直接原地倒下。雖然耀的動作確實很快，不過這也證明十六夜的傷勢恐怕嚴重到超乎想像。

還沒反應過來的焰和鈴華嚇得目瞪口呆。

「那……那個，剛才的聲音聽起來很嚇人……」

「啊哇哇……十……十六哥不要緊吧……？」

「我手下留情了所以不要緊。要是不這樣做，十六夜根本不會休息。他已經虛弱到會被我隨便打中，現在應該讓他好好睡一覺。」

……耀嘴上說是要讓十六夜「好好睡一覺」。

實際的行為卻只是把他打昏。

釋天半張著嘴地看完這一幕後，帶著苦笑點起菸。

「唉，妳們真是些粗暴的傢伙，要知道就連我那些女性同事也不會做出這樣的行為。」

「是那樣嗎？」

「真的？」

「當然是真的……呃，我想一定……可能是真的吧？嗯，再怎麼說她們應該也不至於做出毆打傷患的行為。」

釋天尷尬地轉開視線。

看樣子他那邊的人際關係也相當複雜棘手。

春日部耀扛起十六夜，從正面看向釋天。

「釋天先生，該怎麼處理黑天先生和阿周那先生才好？可以讓他們搭上精靈列車嗎？」

「我不能把阿周那帶走。在主權戰爭第一戰結束之前，只有主辦者和出資者能夠搭乘精靈列車，就算是我也沒有權利讓不具備資格的人上車。」

釋天以嚴厲的語氣拒絕耀的提案。

看這態度，想必任何交涉都無法獲得正面的回應。

「但是我可以接收黑天、持斧羅摩還有那個白化症少女，因為黑天並不是參賽者。兩名女性雖然會被送回外界，派出我的同伴保護她們應該就沒問題……焰也願意接受這種安排吧？」

「當然願意。只要你能確實保護好兩人，欠債甚至可以一筆勾銷……你一定要幫助她們。」

御門釋天點頭回應。儘管兩人經常鬥嘴，釋天終究是CANARIA寄養之家的監護人，和焰他們之間有著長年的交情。

在這種時候，有這種能夠依賴的大人真的很值得感謝。

春日部耀等焰跟釋天談完之後，才開口進一步提問。

「我明白了，那麼最後只有兩個問題。其實很想再多打聽幾個陌生名詞，不過總之先問兩件事就好。」

「妳問吧。只要是我能回答的事情，我一定會回答。」

嘴上答應得爽快，卻又限制回答範圍的做法只能說是很有心機。

即使這是因為釋天以神王身分率領「天軍(Deva)」並肩負相對的責任，然而關於最後見到的那隻黑獸，春日部耀無論如何都要向他探出個究竟。

「釋天先生，關於先前的敵人……**那東西**到底是什麼？」

「我先反問妳，妳覺得那東西看起來是什麼？還有對方又自稱是什麼？」

「……我覺得那看起來是星靈，而且對方宣稱……自身是『人類之敵』，也就是殺人種之王。」

釋天狠狠咂嘴。

這反應強烈到像是在發洩內心所有焦躁，卻不是起因於春日部耀的回答，而是對黑風敵人如此自稱的行為感到憤怒。

「『人類之敵』？……哼！那傢伙把自己講得真好聽，明明是是最大的『世界之敵』！」

「……其實對我來說，名稱不是重點。既然傷害了我的朋友，那傢伙就是朋友的敵人。我絕對不會放過朋友的敵人，無論那傢伙多麼強大都一樣。」

春日部耀以簡潔到可以用極端來形容，而且也極為堅定的意志如此宣言。

一旦把對手判定為敵人，春日部耀就不會再去分類。講得更精確一點，就是不會再去區分敵人的強弱高低。不管對手多麼強大，她都會正面迎戰；不管對方多麼弱小，她都不會手下留情。

這次的敵人自稱為人類之敵，那麼其對象當然也包括十六夜和飛鳥。

所以春日部耀會打倒對方。對她來說，更多的理由都是不必要的情報。

「我的好奇心不像十六夜那麼強烈，對其他人也沒什麼興趣。對我來說，那東西的詳細真面目其實無關緊要。總而言之……那東西確實是星靈沒錯吧？」

「對，那傢伙自稱『人類之敵』也不算是錯誤。就像神靈無法戰勝弒神者，人類也無法戰勝殺人種之王。正如字面所示，那傢伙在『殺害人類』這件事上處於最頂端。有史以來，沒有任何一個人類曾經打贏過那東西……我很欣賞妳的鬥志，但那玩意兒不是你們該正面挑戰的對手。」

「……」

「尤其那傢伙目前仍舊擁有藍星……你們誕生的那顆星球的主權。萬一那傢伙的本體出現，你們根本毫無招架之力。屆時記得去尋求『天軍』或其他星靈協助，我想他們必定會伸出援手。」

在旁邊聽著兩人對話的飛鳥感覺到自己背上流下冷汗。

星之主權——包括太陽在內，各式各樣的星體都存在著被稱為「主權」的最高等級恩惠。這些恩惠有時候會轉換成強大無比的武器，有時候也會被當成媒介，用來召喚被稱為最強種的超越性存在。

天生神靈、純血龍種、星靈。

三者被統稱為箱庭三大最強種，受到這世界居民的敬畏。

（地球的星靈……是啊，我們的星球當然也有主權。問題是主權的持有者卻想要排除人類，這可有點恐怖了。）

釋天說得沒錯。只要人類是源自於地球的生命體，就沒有任何勝算。

如果是來自於通往過去、現在、未來所有一切的第三點觀測宇宙「箱庭世界」，或許不只人類歷史，甚至連推翻行星歷史都有可能辦到。

然而最根本的問題是……為什麼地球的星靈會產生排除人類的想法？

「釋天先生，『她』想要毀滅人類的理由是什麼呢？」

「……哦？妳怎麼知道那東西是女性？」

「只是根據女性的直覺，還有我覺得很多星靈都採用了女性的形象。」

「哼哼，真是可靠的直覺……要解釋那傢伙的動機必須花上不少時間，況且藍星的星靈其實並不只她一個。」

聽到這句話，所有人都看著彼此歪了歪頭。

正如字面所示，「星靈」應該是由某顆星體的主人格擬人化而成。既然是主人格，要是一顆星球的星靈不只一個，那不是很矛盾嗎？

「因為那傢伙不是星靈，正確來說是**半星靈**。」

「半星靈？」

「我經常聽到半星靈這個名詞，但不清楚詳細的意義。」

我想也是……釋天如此回應，開始為眾人講解何為半星靈。

——半星靈。只要在箱庭生活數年，想必至少會聽說過被賦予這名稱的神靈。

比較著名的例子包括中華神群的「齊天大聖」、還有印度神群的「頗哩提毗．瑪塔」。一般人通常把他們視為藍星的繼承人，其實不僅如此。

最重要的是，半星靈這名稱很容易被誤解成尚不成熟的星靈，實際上卻不然。半星靈這個種族名——是**專指「半神半星」**的最強種之混血（Hybrid）。

「你……你說最強種的混血？」

「沒錯。原本星靈和神靈生下的孩子**必定**會成為神靈，被稱為半星靈的那些存在卻代表不同的意義。」

「……？咦？等一下，神靈跟星靈相比，**神靈是顯性遺傳**嗎？」

釋天點頭回應，耀露出感到有點意外的表情。

因為她從未想過據稱擁有絕大力量的星靈居然有那種**弱點**。

「回到正題吧。原本不會誕生的半星靈必須在特殊條件下才會出現，他們基本上不是星體和**神靈**之間的後代，而是星體和**神話**本身所孕育出的存在……也就是牽涉到宇宙論（Cosmology）之創造的場合。」

簡而言之，維繫物質界與神話的基石被賦予人格，結果獲得了神靈和星體主人格這兩種屬性。

「這就是為什麼大地母神中有不少是半星靈，想來是因為要讓慈母般的大地成為基石比較容易。話雖如此，中華神話的齊天大聖卻是特例……不，正確說來中華神話其實不是神話而該稱之為龍傳記……算了，總之就像這樣，詳細說明下去根本沒完沒了。」

釋天以手扠腰，露出困擾的神色。

耀立即舉起右手追問。

「不，剛剛的說明已經夠了。意思是地球的半星靈是一種至少跟普通的最強種同等，甚至根據情況有可能更加棘手的種族？」

「啊……嗯，這種形容雖然粗略但確實沒錯。」

「是嗎，那麼最後一個問題——」

下一瞬間，耀的眼裡閃出銳利光芒，不客氣地瞪著釋天。

「釋天先生……你知道什麼是名為『蓋亞么子』的怪物嗎？」

「！」

「叫作黑天的人和殺人種之王都說過，這片亞特蘭提斯大陸是『蓋亞么子』的**遺骸本身**。關於這件事，你是否可以透露些什麼？」

這個質問很犀利。

但是釋天卻一臉苦澀地搖了搖頭。

「……抱歉，我什麼都不能說，這是關係到遊戲根本的謎題。」

「不，我不接受這個答案。我現在的立場不是參賽者，而是以『階層支配者』之一的身分要求你回答。」

情感的溫度從她的眼裡消失。春日部耀原本就是個感情起伏不多的少女，現在更加上了冷酷。這是她打從心底感到憤怒時的眼神。

耀壓抑著怒氣，繼續瞪著釋天。

「……受到父親喜歡希臘神話的影響，我對希臘神話與傳說中記載的動物也具備不少知識。殺人種之王提到的蓋亞，就是指希臘的大地母神蓋亞吧？那麼所謂的蓋亞么子……不正是**那個**希臘神話中的最強生命體嗎？」

釋天沒有回答這個問題。他恐怕是無法回答，然而那滿臉苦澀的表情卻成了顯而易見的答案。

飛鳥戰戰兢兢地對著靜靜散發出怒氣的耀搭話。

「那個……春日部小姐，妳對那個怪物……」

「抱歉，飛鳥，妳先安靜一下。我正在以『階層支配者』的身分詢問非常重要的事情。」

耀的視線甚至沒有轉到飛鳥身上，一直怒瞪著釋天。

那是她作為「階層支配者」的表情，離開兩年的飛鳥自然從未見過。

這種不容分說的魄力讓飛鳥嚇了一跳，只能稍微退後幾步。

「如果……如果真的是我知道的那個怪物，那麼就算在場所有人攜手抗戰，我也不認為我方有機會獲勝。在恩賜遊戲中，實力不足的參賽者就算死了或許也是沒辦法的事情。問題是在這片亞特蘭提斯大陸上生活的原住民又要怎麼說？他們只是被遊戲牽連而已吧？」

「——……」

釋天猶豫著沒有回答。這種行為本身其實就等於答案，耀卻刻意等待釋天開口。

對於沒有知會參賽者的做法，她還可以勉強退讓。

畢竟遊戲雖然禁止參賽者彼此殘殺，不過每個人大概都已經做好心理準備，清楚自身有可能因為另外的原因喪命。

即使出現強大的敵人，那些聽聞這場遊戲是最高水準的考驗並因此聚集而來的猛者肯定也會想辦法靠自身力量去克服。

萬一戰鬥的結果是失去生命，也只能說是無可奈何。

但是——原住民們不一樣，他們只不過是被牽連進戰鬥舞台的協助者。

亞特蘭提斯大陸上這些原住民的共同體已經蒙受損失。

看起來似乎沒有守護此地的土著神靈。

也沒發現賜予他們恩惠的其他神靈和前來行商交易的共同體。

與其說是異世界的異文化，反而更像是眾人穿越時空到了一個文明加速性能完全不同的時代。

原住民們就是在這種只有鍛鍊自身才能活下去的嚴酷環境中拚命求生。既然遊戲已經把他們牽連進來，那麼春日部耀有義務以「階層支配者」的身分來改正這個狀況。

「雖然我當初只是順著情勢而接下了『階層支配者』這職位，不過我至少也具備了履行應盡義務的氣概。這次的事情就算被判定為破壞箱庭秩序的遊戲也是顯然合理的結果，關於這部分你有什麼意見，釋天先生？」

「……嗯……」

面對這個難以回答的問題，釋天一時詞窮。

不用說，原住民當然是打從一開始就對這次的事態做好了心理準備。然而釋天不能說明他們為什麼會被委任為場控人員，也不能透露原住民的內情。

因為解釋這些事情，就等同於講出這次遊戲的勝利條件。

（傷腦筋……我原本認為十六夜有辦法自己根據敵人的言行和原住民的狀態進行推理並找出答案，偏偏他實在太早退場。）

等到十六夜自顧自地推測一番並得出答案後，釋天只要露出別有深意的神王式微笑，十六夜想必就能接受，不需再多說些什麼。

眼前的春日部耀卻投出直球攻擊，質疑主辦者的方針究竟是否正確。這確實是身為「階層支配者」的她必須追根究柢的問題……在這種情勢下，釋天只能如此回應。

「抱歉，我原本想回答自己能說明的事情，但這個問題不包括在其中。以我的權限，能說的就只有這麼多。」

「那就沒辦法了，我會動用我的所有權限處理這次的問題……可以嗎？」

「嗯，隨妳要怎麼處理都行。」

「這個回答還不夠，我希望你能以『天軍』之長的身分來給予許可。能否麻煩你現在立刻答覆？」

「當……當然可以，這種事情還在我的權限範圍之內。」

遭遇春日部耀以意外強硬的態度來請求許可，御門釋天不由得順勢點頭同意。

若從同樣身為箱庭秩序之守護者的意義來看，「天軍」算是「階層支配者」的上層組織。

他們擁有連魔王都畏懼的戰鬥能力和權限，是最強的武神集團。

雖然只是象徵式的許可，但是在身為天軍之長的帝釋天同意春日部耀以「階層支配者」身分介入遊戲的那瞬間，她迅速收起先前的嚴厲眼神，臉上還浮現笑容。

「我明白了，那麼待在亞特蘭提斯大陸上的期間——我會為了進行調查，使用『階層支配者』的**所有權限**。」

「——妳說什麼？」釋天以沒進入狀況的語氣反問。

下一秒卻看見春日部耀拿出恩賜卡，卡片還散發出七彩光芒。

接著她把恩賜卡收回外套裡，扛著十六夜跑向飛鳥和黑兔身邊。

「好，我已經做好迎接新同伴的安排，接下來可以準備參加菈菈小姐的遊戲。」

「咦？」

「新同伴？」

「飛鳥應該還沒見過對方吧？有個女孩子在跟我差不多的時期也當上『階層支配者』。剛才我已經拜託她幫忙調查遊戲的倫理規程，所以暫時能召喚她成為我方的客座戰力……這一切都要感謝釋天先生。」

釋天冒著冷汗，像是總算回神。

兩年前的魔王阿吉．達卡哈戰役之後，「階層支配者」變得可以在緊急之際邀請共組聯盟的對象前來自軍擔任客座戰力。

這可以說是既有「聯盟權限」的強化版。

多虧操控「境界門」的女王「萬聖節女王」表現出合作態度，才得以締結新的契約——

「等……等一下！這招太狡猾了吧？邀請客座戰力確實是『階層支配者』的權限之一，可是最糟的後果有可能是直接喪失資格喔！」

「沒問題，因為神王大人已經認可。既然釋天先生**幫忙扛起了全部責任**，我就必須好好努力回應這份期待！」

「嗚呃啊！」釋天伸手蓋住臉，仰天發出更加奇音怪調的慘叫聲。

看樣子他似乎中了個精彩的圈套。

釋天想必從未料到自己有一天居然會被春日部耀擺這樣一道。

對他來說耀並不是互有深入交流的對手，然而這名少女在兩年前應該不是會使用這種奇策的類型。

飛鳥雙眼都亮了起來，感動地望著耀的背影。

「春……春日部小姐好厲害啊，明明妳兩年前對這類交涉都沒有興趣。」

「嘿嘿，這就是我認真擔任『No Name』領導者的證據。而且有一半是為了勝利，但另一半是為了『階層支配者』的工作。我真的認為必須針對這次遊戲進行調查，而且為了避免損害增加，自己必須出手安排。」

耀露出稚氣和成熟共存的不可思議笑容，讓飛鳥因為不同理由而再次感動。有句話叫「士別三日，刮目相待」，看樣子也可以套用在身為女性的春日部耀身上。

彼此剛認識時，她甚至曾經表現出對周圍都漠不關心的態度，如今卻會為了不認識的無辜群眾而展開行動。

背負起自身以外的責任，會讓人出現如此戲劇性的成長嗎？

（我原本還擔心春日部小姐是否能好好率領「No Name」前進，結果是白操心一場。）

或許該展現出成果的人反而是飛鳥這邊。

「這下我也不能輸……！我們走吧，焰小弟、鈴華小姐！等到天亮，就去承接菈菈小姐的委託！」

「啊……那個，我和鈴華還有事情要問釋天，所以要留在這邊。」

「不過小彩和上杉小姐說了可以一起參加！」

「哎呀，是這樣嗎？那麼我和春日部小姐去找上杉小姐他們會合，進行作戰會議！」

「好，這次我會拔得頭籌。」

春日部耀靜靜地燃起鬥志。

飛鳥一鼓作氣地催促所有人趕緊移動，黑兔則有點困擾地目送他們。

依舊抱著腦袋的釋天發出一聲長長的嘆息。

「真是的……才一段時間沒見，居然變得如此有一套。果然不管外表看起來多麼穩重，問題兒童還是問題兒童嗎？」

「因為耀小姐這兩年來真的非常努力。『在人類中擁有最高等級才能的人才』——符合這種評價的才能正在逐步開花結果。」

既然黑兔被任命為太陽主權戰爭的主持人，想必不能像以前那樣左右大局。但是她並沒有因此感到寂寞。

飛鳥和耀都已經跟剛被召喚到箱庭那時不同。她們多次挑戰諸神的考驗，發揮自身才幹，獲得現今的成果。

黑兔再也沒有必要像以前那樣保護她們。

（太陽主權戰爭是最適合讓大家展現實力打響名聲的舞台。想必在第一戰結束時，會有眾多神明知曉他們的名號。）

嗯！黑兔鼓起幹勁。

她現在能做的事情，就是做好身為主持人該做的工作。

（不過呢……被耀小姐打昏的十六夜先生可是個超級大炸彈。）

耀有時候會用出連十六夜也料想不到的大膽手段。

光想到十六夜醒來時大概會做出何種反應，就讓黑兔害怕到不斷發抖。

甚至最糟糕的情況是……「No Name」的兩大最強戰力有可能發生正面衝突。

那樣一來肯定如同地獄現世。

根據十六夜的反應，或許只能豁出去阻止他才行……黑兔下定這種拚死的決心，和釋天、焰、鈴華一起帶著十六夜前往原住民的聚落休息。

——另一方面，在同一時刻。

確定飛鳥帶著所有人離開之後，一名金髮的少女——拉彌亞・德克雷亞從草叢裡偷偷探出頭來。

「……詹姆士，就這樣放飛鳥離開真的好嗎？現在應該可以從她手上奪走天叢雲劍吧？」

「最好還不要那樣做，我的可愛小淑女。因為如果飛鳥小姐持有的武器真的是遠東之地傳說中的 Murakumo Sword，我們就無法使用。」

轉盤式電話聽筒中傳出紳士的聲音。

拉彌亞露出明顯的不滿表情。剛剛那句話的意思是一旦少了久遠飛鳥的協助，她的目的就沒有辦法達成。

「這下麻煩了……」

「是嗎？看起來只要妳老實告知想救出母親，那個少女應該會願意立刻出手幫忙。」

「我才不要，那樣一來就會一直欠著飛鳥人情。她可是我將來要殺死的對象，我死也不願意對她有什麼虧欠。」

聽到拉彌亞鼓著臉發出的抱怨，詹姆士不由得苦笑起來。

「我的小淑女真講道義。如果是我，利用完立刻殺掉對方就能了事。」

「要是做出那種事情，我不就沒臉去見母親大人跟姨母大人了嗎？殺死敵人是生存競爭的一部分，忘恩負義痛下毒手卻是殘暴的行徑。我不想成為『世界之敵』，也不想孕育出那種東西。」

「嘻嘻，我知道，畢竟我就是喜歡這樣的妳。」

詹姆士如同呼吸般地自然示愛，拉彌亞卻以理所當然的態度當耳邊風。

「那種事情不重要，詹姆士。根據我自己的觀察，天叢雲劍很有可能是Astra吧？」

「嗯……」詹姆士雙手抱胸開始思考，他對這一點也感到疑問。

「Astra」是從古代流傳至今的暗號，一直分散隱藏於為了迴避人類的最終毀滅而誕生的各種兵器、技術以及概念之中。據說其起源和雅利安人種的世界性大遷徙有關。

距離原始印歐語地域如此遙遠的日本想來並沒有使用「Astra」這個記號。

「星之大鍋和星劍嗎……確實很奇怪，那個國家出現星之大鍋應當是確定事項。無論其他哪個地方的血出現偏移，**只有極東**絕對會出現大鍋。」

然而出現的卻是劍。

為了借用飛鳥的力量，推理其中意義或許也有什麼幫助。

「好了，詹姆士你也一起來動腦思考，身為最強遊戲掌控者的你一定可以很快解開這謎題吧？」

「哈哈，真高興聽到妳這麼說……那麼我就來稍微考察一下。」

詹姆士先點起愛用的海泡石菸斗吸了一口之後，才以安撫般的語氣回應急躁的拉彌亞。

「天叢雲劍（Murakumo Sword）……讓存在於東方盡頭之地的神話與史實結合起來的神劍。也是透過單一血脈繼承國威，據說直至近代仍舊連綿不絕的不可思議之國的加冕寶劍。恐怕只有繼承皇室血脈的人物或是國威的代理人才能正確使用，可以切離傳說的破格權能大概也與這方面的原委有關。」

「這把劍的別名好像叫作草薙劍，聽說是在八岐大蛇（Yamata no Orochi）體內發現的神劍。另外似乎還具備了作為淨化星辰災厄之劍來讓恩惠無效化的非凡力量，真是超乎想像的誇張。」

「嗯……從八岐之龍（Yamata no dragon）體內發現的神劍嗎？據說那是曾經作為『弒神者』危害人類的魔王之一，說不定這隻龍身上有什麼特別的祕密。」

八岐大蛇——傳說中擁有八顆頭顱的多頭龍，大概也是日本最著名的神龍。原本應當是被視為水神或山神並受到民眾祭祀的神龍，然而對於日本這個特異的地域來說，那些反而是比什麼都更讓人畏懼的威脅。

日本被稱為災害大國，長年以來的歷史正可說是對抗災害的紀錄。造成這種狀況的原因之一，是因為日本列島位於四個大陸板塊的重疊地點。

每當支撐大陸的太平洋板塊、北美洲板塊、菲律賓海板塊和歐亞大陸板塊重合摩擦，日本列島就會遭受災害侵襲。

即使稱之為星之大動脈中的極大動脈也不算言過其實。

而名為八岐大蛇的神龍，就是被作為這種自然界強大力量的象徵。

「降伏星之氣息的象徵之劍……這樣聽起來，天叢雲劍與其說是星劍，反而更像是掌管封權的Astra。詹姆士你怎麼看？」

「我們應該把這部分放到一邊去，先仔細調查傳說的內幕才對。八岐之龍有什麼外型上的特徵嗎？」

「在外型特徵方面，據說那是一隻多頭龍。但是世界各地都有為了增加怪物性而提及多頭龍的軼聞故事。如果只因為八岐大蛇有八顆頭就懷疑那是外來種，我覺得證據似乎有點薄弱。」

「沒錯，多頭這個特徵大概不是來自某個起源性的傳說，只是因為人們普遍厭惡的造型之一是多頭的龍和蛇。」

人有一種習性，會出於本能去避忌自然界不存在的造型。

多頭的龍和蛇可以說是最典型的例子。因此這種特徵並沒有起源的傳說，可能只是從生命最根本的恐懼心蔓延而出的想像。

換句話說，這是一種常見的傳說，要作為徹查由來的要素有點欠缺說服力。

「嗚嗚……我試著推理了很多答案，結果反而找不出算得上是線索的情報了。」

「哈哈，小淑女似乎很煩惱呢。不過光靠妳目前掌握的情報，說是幾乎不可能解開這個謎題也不算誇大。所以妳還是不要勉強，繼續跟飛鳥小姐好好相處吧。」

……嗯？拉彌亞突然覺得不太對勁。

她一直堅信詹姆士絕對是最強的遊戲掌控者。畢竟過去從來不曾出現他無法解開的謎題，也從來沒有碰上他無法克服的考驗。

拉彌亞並不認為這樣的他會輕易拋下眼前的難題。

「詹姆士，你該不會已經解開謎題了吧？」

「這個嘛……總之我認為妳過於依賴我而放棄自己思考的行為是非常可惜的事情。而且光憑妳手上的情報確實無法解開謎題，我沒有騙人。乾脆趁此機會多增廣見聞想來也不是壞事，對嗎？」

詹姆士倒掉菸灰，反駁拉彌亞的質疑。

拉彌亞露出不甘心的表情，但是既然遊戲掌控者已經判斷不該多說，服從這判斷才是身為同伴應有的禮儀。

「討厭……你還是那麼愛欺負人。」

「這都是為妳著想。不過鬧彆扭的小淑女也很可愛，所以我可以送妳一個線索。」

「線索？」

「這是我給妳的提示……要是有機會碰上中華系的參賽者，可以試著向對方詢問這件事。

說不定會得到什麼情報。」

中華？拉彌亞不解地歪了歪頭。

不過日本列島是個島國，要是有什麼傳說來自外部，確實很可能經由中華大陸傳入。如果八岐大蛇真的是外來種，或許會有人知道什麼事情。

「我能說的就是這些，這邊也差不多要了結了。下次聯絡，大概是見到其他參賽者的時候吧。我很期待能與妳相見的那一天。」

「……？了結？」

拉彌亞再度滿心疑惑，詹姆士卻在這時切斷了通話。

她只能瞪著聽筒重重地嘆了口氣。

「掛掉了……也沒辦法，總之先試著討好飛鳥那群人吧。」

一想到就覺得憂鬱……拉彌亞垂下肩膀。

既然只有飛鳥能使用天叢雲劍，那麼無論如何都要避免導致她喪命的萬一事態。飛鳥的生命安全是當前的最重要事項。

但是，拉彌亞沒興趣和她建立起多餘的交情。

畢竟對方只不過是人類種。

而且還是在這場太陽主權戰爭結束後——到了最後，終究要互相殘殺的敵人。

＊

夜風吹過聚落。

趁著十六夜等人不在而來到此地的男子——名喚詹姆士的紳士風格男性倒掉海泡石菸斗裡的餘灰，來到某間小屋前方。

穿著黑色塹壕大衣的他打開大門，對著在床上盤腿而坐的巨漢笑著說道：

「哎呀，你醒了嗎，赫拉克勒斯？」

「……真是沒禮貌的傢伙，和你初次見面的我沒必要理睬這種態度。」

赫拉克勒斯扯下繃帶，不客氣地瞪著來訪者。

受到黑天操控大肆破壞的他被初次啟動 B.D.A 的十六夜打敗，總算沒有闖下大禍。赫拉克勒斯是主辦者方派來的場控人員，也是掌握亞特蘭提斯大陸關鍵的重要人物。

然而詹姆士先是帶著懇切笑容吸了一大口菸斗，才換上為難表情搖了搖頭。

「真抱歉，我的友人也經常勸戒我對初次見面的對象不可以太過熱絡，應該去多學學正確的禮儀……」

「這個建議非常實在，你怎麼不立刻實踐？」

赫拉克勒斯以諷刺回應詹姆士的嘴皮子。

詹姆士聳了聳肩。

「閒聊就到此為止吧，我是『Ouroboros』專屬的遊戲掌控者，大家都叫我詹姆士。」

「……！」

「哎呀，別急著使用暴力。既然遊戲已經開始，你必須成為立場公正的場控人員，沒錯吧？」

「我拒絕。」

「哈哈，雙方真是沒有共識。」

詹姆士似乎很困擾地搖了搖頭。根據過去的經驗，赫拉克勒斯很清楚千萬不能聽信這種人的言論。

眼前這傢伙是一開口就只會吐出惑人霧氣或害人毒氣的類型。他直覺認為必須先封住對方的嘴巴和雙手，不過詹姆士的動作快了一步。

「那麼我換個方法交涉吧，關於這次的舞台……我已經**達成了勝利條件**。」

「……什麼……！」

赫拉克勒斯因為驚訝而停下動作。

既然詹姆士聲稱已經達成勝利條件，就代表對方解開了可以說是希臘神話根基的「大父神宣言」之謎。

詹姆士迅速拿出三張羊皮紙，舉起來遞向赫拉克勒斯。他看清近在眼前的那些羊皮紙上確實蓋著主權戰爭的印記。

「最早到達『赫拉克勒斯石碑(stele)』的我等先行取得了關於其餘幾個石碑的情報。雖說只有三個，對我來說卻是充分到不能再充分。」

「怎……怎麼可能！第一戰的第二天才剛結束！而且光靠那些情報，想找出『大父神宣言』之謎的答案幾乎是不可能的事情！」

「哦？沒想到你剛起床腦袋就這麼清醒。正如你所說，遊戲的**第二天已經結束**，而我也解開了幾**乎不可能的謎題**，這兩件事沒有任何矛盾之處吧？」

詹姆士露出從容的微笑，完全沒把赫拉克勒斯的怒喝當一回事。

只要不是絕對無法推理的謎題，自己必定會找出解答……帶著柔和笑容如此宣言的他看起來並不像是對本身能力太過自信。

詹姆士伸出手指在第一張羊皮紙上移動。

「總之呢，我從第一個記述就看清了全貌。嗯，是這一張。

——記述①『定義帕修斯為父神宙斯的第一子，作為大父神宣言的前提』。

——記述②『現在的半神半人之定義源自於大父神宣言』。

——記述③『在前提條件下，赫拉克勒斯的存在概率是百分之一百』。

——以上這三點是我取得的情報。根據這些提示，只要重新閱讀帕修斯(Perseus)的故事並解讀其歷史背景，就能夠輕鬆解開後續第二個和第三個謎題……沒錯，想看透這個大父神之謎，並不能只針對赫拉克勒斯，還必須解開宙斯與人類之間的第一個孩子——英雄帕修斯的謎題才行。」

「——……」

「不過這也是理所當然。既然想解開『大父神之謎』，必須先體認到這個謎題是希臘神話全體肇始的奇蹟，也是大父神宙斯的偉大愛情，否則根本免談。而參賽者們要是無法理解這份愛情，想打倒『蓋亞么子』終究是不可能的事情。」

聽到這邊，赫拉克勒斯更是滿心驚訝。

眼前這個男子不只破解了大父神宣言之謎，甚至已經明白大父神宣言和被稱為「蓋亞么子」的怪物之間究竟有著何種因果關係。

「赫拉克勒斯，我之所以沒有做出勝利宣言，正是因為理解宙斯的愛情。**光是**解開謎題宣告勝利並無法讓遊戲結束。為了讓亞特蘭提斯大陸的傳說能夠『真正』畫下句點，所有參賽者都必須理解亞特蘭提斯大陸之謎——還有隱藏在主權戰爭背後的真正遊戲。」

所以詹姆士才會不顧危險地前來拜訪赫拉克勒斯。他隻身一人，來到彼此實力差距大到一旦動手即使被殺死百萬次也無可奈何的對手面前。

一切都只是因為他希望能以完整的形式，破解亞特蘭提斯大陸上的這場遊戲。

「關於黑天昨天的行動，我願意在此謝罪。雖然他自稱為創始者，但原本只不過是代理人而已。『Ouroboros』的方針已經全權交與我決定，現在能請你相信我嗎？」

「……我有一個條件。」

赫拉克勒斯的眼神依舊銳利，不過他大概也覺得這場交涉有一談的價值。

詹姆士在海泡石菸斗裡點起新的菸草，然後點了點頭。

「你說吧，有什麼條件？」

「要我接受你這傢伙的提案，必須以解放俄爾甫斯的夫人作為交換。如果你能夠答應，我就願意聽一回你的主張。」

「好，等你確實完成我方要求後，我一定會放了她。」

「不行，我要你在此立刻放她走，否則我不會行動。」

看到赫拉克勒斯完全不打算讓步的態度，詹姆士露出很受傷的表情。

他也許是認為自己已經提出所有能夠展示的情報與誠意，因此想抗議這種對應未免過分。

然而赫拉克勒斯卻繼續瞪著詹姆士，沒有顯露出絲毫大意。

「我了解你的說詞了。不管是謝罪還是聲稱已經達成勝利條件的主張，我想大概都不是謊言。希望能把亞特蘭提斯大陸上的這場遊戲導向終局的想法看來也不是虛情假意。」

「那麼你到底有何不滿？要知道看在旁人眼裡，你只是個蠻不講理又任性的傢伙。我自認已經為你多方著想，如果你堅持再拿翹下去，就連個性溫厚的我也會感到不快。方便的話，能否說出你無法相信我的理由？」

詹姆士似乎很困擾般地皺起眉頭。

從客觀角度來看，會覺得主動公開情報又說明「Ouroboros」狀況的詹姆士做出了最大限度的讓步。

而且赫拉克勒斯的目的和詹姆士的目的想來並沒有太大差異。

對方展現出如此誠意，赫拉克勒斯仍舊不願妥協的原因——

「詹姆士。」

「嗯？」

「**你的嘴巴很臭**，所以我不可能相信你。」

——……

——……

——……

「——……」

詹姆士整個僵住。

赫拉克勒斯這句話想必是一種比喻。但是再怎麼說，其實還有很多更委婉的說法。之所以刻意選擇「很臭」這種形容，大概是因為他想表達自己打從靈魂最深處就無法相信詹姆士的強烈拒絕。

傻掉的詹姆士露出未經任何修飾的表情，沉默了好一陣子。

總算回神之後，他彎下腰抱著肚子開始大笑。

「哈——哈哈哈哈！是嗎！我的話有**異味**嗎！原來如此！那就沒辦法了！就算讓人產生疑竇也是理所當然！」

「沒錯，你的嘴巴很臭，比我在漫長人生中至今遇過的每一個人都臭不可聞。不管是你說出的話語，處處表現的誠意，還是敘述的真相……全散發出一股腐臭的味道。」

而且最重要的是——赫拉克勒斯極為厭惡詹姆士一開始的笑容。

從詹姆士用來偽裝成弱者的笑容中可以感覺到一種爽朗感，還有具備自我主張卻低調到不至於引人厭惡的敏銳度。想必許多人會覺得那是一種能夠讓眾人傾倒的魅力笑容。

至於他口中講出的考察，則羅列著許多聽起來很誠懇的文字。

……一切的一切，都是為了誘導對手不要去敵視這個男人。

平常的赫拉克勒斯大概會回應這份誠意，然而他的靈魂卻發出警告，提醒他如此完美的感情控制才正是最危險的要素。

「我感覺得出來，你的發言裡**漏掉了一些什麼**。但是我沒有構築理論的能力，因此我決定照著自己的規則走……我不會讓步，而且要是你不願意解放俄爾甫斯的夫人，我會在這裡殺了你。」

不，其實赫拉克勒斯應該要立刻殺掉詹姆士才對。至少他的直覺是如此訴說。

然而一旦那樣做，不知道俄爾甫斯的夫人會有什麼樣的下場。或許起碼該把這男人的手腳打斷讓他無法動彈，然後再拿去交換人質會比較好。

為了讓自己可以隨時出手制伏詹姆士，盤腿坐著的赫拉克勒斯把身體往前傾。

不過詹姆士根本沒空理會他。可能是真的覺得赫拉克勒斯的發言很好笑，他努力撐起笑到痙攣的身體，好不容易才把視線放回赫拉克勒斯身上。

「哎呀……你真是難對付呢，希臘最強。」

「——……」

「好吧，畢竟你不肯行動的話，會感到困擾的人還是我。看來是我太天真了，居然以為有辦法不付出任何代價就使喚赫拉克勒斯。」

兩人的視線相對。

詹姆士確實親自謝罪。

也公開了關於遊戲的情報。

還表明自身在「Ouroboros」裡的地位。

然而赫拉克勒斯並不是參賽者，這些全都是告訴他也**不會造成實際損失的情報**。

詹姆士原本打算省下代價，只靠感情變化與演技來說服赫拉克勒斯行動，看樣子這個企圖已經失敗。只是對他本人來說，像這樣不但沒抓住人心還被對方毫無理由的拒絕是時隔已久的體驗。

徹底轉變的笑容出現在詹姆士臉上，赫拉克勒斯也從他的眼裡看出和先前完全不同的邪惡色彩。

「……真是奸險的笑容，而且充滿邪氣，不是一般的惡。這才是你的本性嗎？」

「哈哈……其實我回想起以前曾經被友人數落過同樣的事情。記得是在捕鯨船上和他相遇的時候吧？對方也說了我的言論甚至比鯨魚的腦髓更臭。」

「實在是優秀的友人，他在九泉之下肯定很遺憾沒能成功矯正你。」

「說不定喔。」

詹姆士拿出羊皮紙，用羽毛筆在上面簽名。

那似乎是用來解放俄爾甫斯他夫人的契約文件。

或許是因為回想起過去的友人，詹姆士揮筆的動作很輕快。

……赫拉克勒斯倒是忍不住感嘆世界之大無奇不有，居然有人被嫌嘴臭還如此開心。

「好了，這是我最後的妥協方案。至少在亞特蘭提斯大陸作為遊戲舞台的期間，俄爾甫斯必須協助我方。如果你能接受這個條件，我會立刻放了他的夫人。」

赫拉克勒斯猶豫了一會兒，但也明白恐怕無法爭取到更有利的方案。於是他重重點頭，詹姆士則帶著邪惡笑容豎起食指。

「別擔心，不是那麼困難的事情。首先，我希望你回去執行**原本的職責**。只要你重拾場控人員的身分，寄放出去的太陽主權應該會回到你身上。」

「……哼，怎麼突然變得如此老實。看樣子對你們來說，我把太陽主權寄放在白夜王那裡似乎會礙著什麼事。」

「沒那回事，我只是希望遊戲回到正常狀態。」

詹姆士以平靜表情應付赫拉克勒斯的質疑。

「等到你拿回證明場控人員身分的太陽主權後，我要你和某個共同體一起前往山銅礦山。那個共同體裡有一個應該能獲得你賞識的優秀聰明少年，畢竟他可是以乖僻出名的吉爾伽美什老爺子花了兩年培育的逸才。」

「……那個共同體叫什麼？」

邪惡的笑容抓住了赫拉克勒斯。

詹姆士拿出恩賜卡，回答這個問題。

「他們的名字叫作『Avatāra』。是被我等『Ouroboros』玩弄於掌心，既愚蠢又可愛的少年少女們。」

第二章

——幻想大陸亞特蘭提斯，第三天。

南部的山岳地帶，山銅礦山。

當太陽登上天頂的時刻。

在助理祭司菈菈的帶領下，久遠飛鳥和和春日部耀等一行人來到一扇緊閉的門扉前方，周圍還可以看到其他參賽者的身影。

看樣子這些人也是受到原住民的委託並前來此地集合。

其中包括綁著藍色頭巾席地而坐的青年，身穿近代風格休閒便裝的黑髮女性，以及將兩把長槍放在手邊睡起午覺的少年。

另外還有將近二十名參賽者。

久遠飛鳥和春日部耀看向四周，開始評估其他參賽者的實力。

「哦……沒想到太陽主權戰爭的正賽有這麼多參賽者。」飛鳥發表感想。

「也有可能是參賽者本身的實力不高，但是背後的出資者很有辦法。例如可以把自己無論如何都想安排參賽的人物塞進出資者持有的種子名額裡。」

「所以說除了那些留下傳說的怪物和英雄之外，還有很多其他人參賽？」

「要是講到那方面，我們自己不也沒有什麼厲害的傳說嗎？和太陽之間的關聯性雖然能讓預賽的戰況變得比較有利，到了正賽卻沒有那麼大的優勢。」

站在春日部耀後面的上杉女士到此也加入討論，簡單地說明了一下內情。

「出資者敢安排感覺有機會獲勝的無名新人去占用種子名額，其實也正是信賴自己真正看好的選手不會在預賽落選的證明。換句話說，這種做法起因於出資者們希望派出去的人選能多贏得一些正賽名額好占得更多優勢的意圖。」

「哎呀，原來如此……那麼是不是也會發生受到信賴的人選在預賽裡狹路相逢結果全都落選的事故？」

「當然會，因為擁有太陽傳說的權威性人物全都在預賽中遭到淘汰而驚慌失措的出資者並不在少數。但是那種連預賽都無法通過的傢伙要是還想在主權戰爭中取勝，妳們不覺得根本是個笑話嗎？」

神魔的遊戲是賭上性命的戰鬥。

無論有什麼理由，連預賽都無法通過的參賽者恐怕是命中註定會在某時某地敗北。

「相反來說，也有打垮那些被看好的選手並一路晉級的參賽者。所以就算是寂寂無名的人物也不能掉以輕心，要是不提高警覺，遲早會嚐到苦頭。」

「嘻嘻，我明白。畢竟難得有機會和那位上杉謙信公並肩作戰，出身相同國家的自己當然也不能示弱——話說回來……」

飛鳥稍微回頭看了看後方的一名金髮少女——久藤彩鳥，才壓低音量開口問道：

「那女孩一直好像很尷尬地看著旁邊，是我做了什麼讓她感到不舒服的事情嗎？」

「我……我想不是那樣，她一定只是肚子餓了才會心情不好。」

「哎呀是嗎？那我們聽完說明後就吃飯吧。」

飛鳥率直地相信了耀這種漏洞百出的說詞。

繃著一張臉的彩鳥其實心裡並不平靜。要說現在是至今未曾有過的緊迫狀況或許也不算是過於誇大。

因為她——久藤彩鳥的前世是久遠飛鳥的雙胞胎姊妹。

當年死產的嬰兒靈魂被箱庭的女王「萬聖節女王」拾起，培育成侍奉自己的女王騎士。

然而以女王騎士的身分和飛鳥戰鬥過的「久遠彩鳥」已經不存在於這個世上。

姊妹兩人賭上各自的性命戰鬥，彩鳥也接受了這場戰鬥的結果與死亡。

因此雖然彩鳥轉生前是飛鳥的姊妹，但雙方的關係應該在當時就劃上了句點。

既然獲得了新的生命，甚至沒有必要再莫名逞強。

不必介意過去，彼此都好好享受現在的人生吧！……理論上只要用這句話就能解決此事，不過實際上……

（……事到如今，再互相自我介紹又有什麼意義？我有我的同伴，她有她的同伴，連雙親都已經不同了……這種狀況到底是要我怎麼辦！）

彩鳥拚命壓抑想大叫的心情。況且基本上，要是知道自己帶著滿腔悲痛殺死的姊妹居然若無其事地享受著下一個人生，根本是難堪到不能再難堪的事情。

做出手刃親人的行為，必須承擔的痛苦絕非一般。

這兩年以來，飛鳥想必多次為此苦惱。

要是坦白告知那些苦惱其實全都是飛鳥自己想太多，彼此之間肯定會陷入非常尷尬的氣氛。

所以為了兩人好，應該要隱瞞久藤彩鳥的真正身分，保持最低限度的交流。

……彩鳥如此盤算，飛鳥卻突然甩著裙襬整個人轉了過來。

「我說……那邊的金髮小姐。」

「咦！啊！是！有什麼事！」

「沒有必要那麼驚訝吧……我只是覺得也該知道妳叫什麼了。」

「我……我嗎？」

「是啊，聽鈴華小姐叫妳小彩，那就是妳的名字嗎？」

飛鳥帶著笑容提出最困難的問題。而且既然她已經聽過鈴華的叫法，這下不可能搪塞了事。

真不知道喜歡惡作劇的命運之神究竟希望彩鳥如何回答這個問題。

（……真的！到底是要我怎麼辦啊？）

「……？怎麼了？妳有什麼不能說出名字的理由嗎？」

「也……也不是那樣……不，或許可能真的存在著什麼微粒子等級的理由讓我無法說出名字也說不定？」

「哎呀？聽起來似乎是很深刻的煩惱。」

彩鳥陷入恐慌，受到影響的飛鳥則滿心疑惑。

春日部耀沒辦法再旁觀這種隨時會演變成大慘劇的狀況，出面介入兩人之間。

「啊……那個，飛鳥，妳先聽我說。」

「什麼事？」

「這個人的事情有點複雜，好像不能隨便講出自己的名字。如果真的想知道，必須先做好某種程度的心理準備才行。」

「是……是嗎？只是想問個名字還需要先做好心理準備？」

「超級需要，甚至要準備好可能會嚇到連心臟都從嘴巴裡跳出來。」

（春……春日部小姐……感謝妳的支援……！）

這一瞬間，彩鳥覺得春日部耀看起來宛如天使。

彩鳥並沒有對她說明過，不過只要看到彩鳥那種戰鬥風格再加上名字，想必每個人都能夠察覺內情。

真不愧是「階層支配者」，發現彩鳥有難立即伸出援手。

一段時間不見，居然變得如此優秀……彩鳥內心默默感動。要是看到現在的耀，九泉之下的傑克想必也會很欣慰……

「所以妳要做好準備聽我說，飛鳥。

——這女孩的名字……叫作久藤彩鳥。」

現場瞬間凍結。

彩鳥整個人僵住，彷彿連頭髮都化為白灰。

……春日部耀確實要求飛鳥做好心理準備，但是正常來說，後面不該是這種發展吧？所謂急轉直下，從天堂掉進地獄裡就是形容這種情況。

彩鳥肯定沒想過自己的身分會以這種形式曝光。

飛鳥還是無法理解這句話的意思，帶著頭上的大量問號開口反問：

「……妳說什麼？」

「我說這個女孩叫作久藤彩鳥，跟斐思．雷斯小姐的本名相同。不過只有名字一樣，實際

上是完全不同的兩個人，所以希望妳別在意。」（註：本作中的久藤和久遠發音相同）

（這……這種理論太勉強了吧！春日部小姐！）

彩鳥躲在飛鳥背後拚命比手畫腳，試圖向耀表達自己的意思。

光是名字幾乎一樣，就可以看出兩者必定有什麼關聯。

這種情況下至少要使用假名，甚至應該還有其他變通的辦法……然而一切都已經太遲了。

彩鳥拚命思考接下來要編出什麼謊話才能矇混過去。

例如——宣稱自己和女王騎士沒有關係，只是意外被召喚來箱庭，這種說詞如何呢？

「……如果這位彩鳥小姐和我沒有關係，為什麼會被召喚到箱庭？」

「聽說是因為她和『萬聖節女王』有關聯，所以遭到強制召喚。」

（春日部小姐啊啊啊啊啊啊啊！）

彩鳥覺得很想哭，為什麼這個人能夠如此精準地堵死退路？

已經不知道該怎麼掩飾才好的彩鳥為了傳達現在的狀況，拚命地揮動手腳做出一些莫名其妙的手勢。

耀這時總算注意到慌張的的彩鳥，對著她偷偷舉起右手。

（……V！）

（不，妳完全沒幫上忙啊！反而讓事情變得更複雜了！）

看到耀露出自豪的笑容，彩鳥在內心回以這輩子最強烈的吐嘈。她完全無法理解根據先前

的言行，為什麼對方能夠如此得意。

耀的行動毫無疑問是出於善意，卻導致飛鳥和彩鳥陷入無窮的混亂。

仍然無法確定彩鳥身分的飛鳥繼續製造出大量的問號，依舊不知道該怎麼辦的彩鳥則是紅著臉驚慌失措。

原本保持旁觀立場的上杉女士大概是實在看不下去了，她舉起手表示要介入三人的對話。

「抱歉我插個嘴，聽起來春日部的說明似乎漏掉了最關鍵的部分——飛鳥，妳在兩年前有聽說過去世的妹妹後來怎麼樣了嗎？」

「……我聽說她被作為女王的部下送往外界。」

「對，**那個部下**就是彩鳥。換句話說，她是作為同名同姓但實質上完全不同的另一個人轉生到異世界。女王這樣做的目的是為了拉攏西鄉焰成為棋子，讓自己能夠涉入世界的趨勢。」

飛鳥和彩鳥同時回想起兩年前的對話。

斐思．雷斯說過會採用「剝奪人格的轉生形式」。

「是啊……話說起來，她確實提了那樣的事情。所以這位彩鳥小姐沒有以斐思．雷斯的身分在箱庭奮戰時的記憶？」

「這個……呃……」

上杉女士偷偷看向彩鳥。

看到快哭出來的彩鳥以全力擺出打叉的手勢，上杉女士嘆著氣搖了搖頭。

「聽說她沒有在箱庭時的記憶，留下來的只有前世的武技。」

「……是嗎，那麼和我們一起對抗過魔王的那名女王騎士已經不存在於任何世界了嗎？」

飛鳥似乎很難過地垂下視線。

彩鳥心裡有點過意不去。

明知飛鳥因為殺死親人而抱著悔恨，她卻做出在傷口上撒鹽的行為。

但是現在的彩鳥無論如何都提不起勁和久遠飛鳥共演和樂家族戲碼。

因為現今的她——久藤彩鳥有耐苦忍痛將自己生下來的母親。

還有讓自己豐衣足食自由成長的父親。

彩鳥愛著現在的雙親。

她之所以推動星辰粒子體（Astral Nano Machine）的研究，不光是因為女王的命令。

也是為了讓這個賭上全族夢想與長年夙願的計畫能夠成功。

要是丟下最愛的父母去加深來自前世的緣分，彩鳥總覺得那樣不管是對父母還是對飛鳥都欠缺誠信。

（可是……也許該說的話還是要好好說出口才行。）

彩鳥握緊拳頭，毅然把頭抬起。

她第一次正面看向飛鳥，以似乎很難啟口的態度叫出飛鳥的名字。

「那個……我可以直接稱呼妳為飛鳥小姐嗎？」

「啊……可以。」

「那麼飛鳥小姐，我知道自己的前世是什麼樣的人物……包括她的出身，還有最後的結果。」

飛鳥的表情整個繃緊。畢竟一般來說，擁有正常判斷力的人並不會想面對殺死自身前世的對手。也難怪飛鳥會有所防備，擔心彩鳥不知道想講出什麼怨言。

彩鳥後悔自己選錯了開頭的話題，不過還是繼續慢慢說道：

「但是她……女王騎士斐思‧雷斯接受了和妳那場戰鬥的結果。而且對於給予機會的女王以及鍛鍊自己的劍術老師，她也打從心底感謝她們。所以妳沒有必要過度在意這件事，也不需要特別顧慮到我。我想只要當成同伴裡多了一張新面孔……差不多這種感覺就可以了。」

一旦做好心理準備，接下來的發言率直到連彩鳥自己都感到意外。大概是因為這些話就是她真正的想法。

在諸神的箱庭裡偶然獲得的人生。

對於彩鳥來說，箱庭裡接觸到的一切都是難能可貴的經驗。

「可是……在妳的新人生裡，還是無法拋開來自女王的使命吧？」

「人生有個準則不是很好嗎？而且雖然不是擔負使命的報酬，不過能幸運出生在富裕家庭裡，我過得很開心喔。」

看到彩鳥的笑容，飛鳥不由得有些驚訝。

因為總是戴著面具遮住自身臉孔的女王騎士斐思．雷斯從來不曾在飛鳥面前展現笑容。她猶如繃緊的弓弦，無論何時都散發出嚴肅的氣勢，或許連笑一下的從容都難以騰出。

但是也或許……那張面具下曾經展露出像這樣的笑容。

「……謝謝妳，彩鳥小姐真是善良。」

「不……沒什麼，很抱歉我只能說些很一般的發言。」

「哎呀呀，這回應真是生疏。難得有這機會，晚一點我想找時間請教妳很多事情……是否方便呢？」

「啊……嗯，只是稍微聊聊的話就可以。」

彩鳥沒預測到這種發展，不過事到如今也沒有其他辦法。

雖然途中一片混亂，但總歸是說明了她的特殊狀況。

久遠飛鳥和久藤彩鳥應該都能與對方建立起新的關係。而且，這件事或許會比彩鳥原本想像的更加開心有趣。

成功解釋自己的身分後，彩鳥心想接下來不會再有什麼需要害怕的事情——

「……我說彩鳥，這樣真的好嗎？」

「咦？」

彩鳥以問號回應上杉女士突如其來的發言。

上杉女士把手扠在腰間，臉上是感到不安的表情。

「我也覺得能讓飛鳥了解妳的狀況是值得高興的事情，因為我本身有過經驗，知道要藏著祕密活下去並不容易……但是，既然妳們兩人今後會繼續往來，『妳沒有前世記憶』的設定是必要的嗎？不等於平白在彼此的關係中加了多餘的爆點而已？」

啊──彩鳥這時才恢復冷靜。

說起來確實如此。

都已經解釋這麼多了，根本沒有必要特地隱瞞關於記憶的部分。甚至為了讓飛鳥安心，乾脆把一切全都坦白或許反而比較好。

「有時候走錯一步會後悔一輩子，妳現在的猶豫說不定會在將來成為負面狀況的起因……如果想說實話，何不趁這時趕快行動？」

「嗚……請不要說那種不可能辦到的傻話……！」

畢竟剛剛才講了一堆心裡的想法，要是現在又去表明：「對不起，其實我前世的記憶全都還在，不管是救過妳的次數還是當時的情景，我全都記得一清二楚喔☆」……這樣的行為未免過於丟臉，讓人實在無法啟口。

不是比喻，而是彩鳥真的會因此羞愧而死。

「如果妳本身認為沒關係，我倒也無所謂。不過要是妳以後因為此事出了更大的糗，屆時可與我無關。」

「沒……沒問題！反正我跟她的互動只會持續到太陽主權戰爭結束為止！我會想辦法度過

這一關！」

彩鳥雖然冒著冷汗，還是用力握緊拳頭。

明明不管怎麼想都覺得事態會往惡化的方向前進，但本人如此堅持，旁人也沒辦法阻止。

上杉女士嘆著氣搖了搖頭，放棄進一步追究此事。

＊

「很抱歉讓各位久等了。那麼，接下來要說明我方想提出的委託內容。」

參賽者們的視線都集中在助理祭司菈菈身上。

看樣子遊戲即將開始。

飛鳥一行也和其他人一樣看向菈菈。

「來到此地之前，我說過希望各位能和某人見面……但是在此必須先表達歉意，其實那位大人目前不在地下迷宮裡。因為大人前天遭到某個惡徒襲擊，現在無法出面。原本想委託各位和那位大人一起討伐最下層的怪物……」

現場騷動了起來。

飛鳥等人也感到意外，然而這種發展有可能是打從一開始就刻意安排好的遊戲流程。

所有人都覺得應該繼續觀察一下狀況，這時卻有一名參賽者——身穿近代風格休閒便裝的女性以察知到什麼事情的態度開口發問。

「光這幾句話沒辦法讓人理解，我想麻煩妳說明得更清楚一點。況且基本上，妳到底想讓我們和什麼人見面？」

「不好意思，我不能回答這個問題。那位大人是主辦者們請來的貴賓，因此我這邊什麼都不能透露……只是這樣未免不合情理，所以我願意回答在自身立場限制下仍舊能夠回答的問題。」

既然她開放提問，等於是取得遊戲攻略關鍵情報的機會。

參賽者都看著彼此開始討論該怎麼做，那名便裝女性卻立刻再度行動。

「那麼我問個簡單的問題……妳想讓我們去見的那個人還活著嗎？」

「當然還活著，據說大人遭受襲擊的時間是從主權戰爭即將開始前到第一天晚上。」

「哦？那麼妳想介紹的人物，就是參與第一天晚上戰鬥的人嗎……是個實力相當堅強的高手呢，畢竟那大晚上的戰鬥震撼了整個亞特蘭提斯大陸。」

便裝女性停了一下，開始動腦思考。

既然說是第一天晚上，就不是指對抗殺人種的那場戰鬥，而是指自稱黑天的少年與十六夜之間的衝突。

既然是在那天夜裡受傷而無法行動的人物，那人選就已有侷限。

「聲音傳遍整個大陸的激烈戰鬥，被召來亞特蘭提斯大陸的神祕強者，還有討伐怪物的委託和古老的英雄……啊，我大概找出答案了。」

所有參賽者都豎起耳朵聆聽她的發言。

女性本人似乎覺得有點麻煩，卻又感覺到周圍的期待，最後還是甩著一頭黑髮開了口。

「菈菈，妳想讓我們去見的人物——就是著名的希臘神群最強勇士，赫拉克勒斯吧？」

「什麼……！」

現場的反應比先前更加吵鬧。

因為講到希臘神群最強的赫拉克勒斯，確實是無可否認的最強戰士之一。根據情況，甚至稱之為歐洲圈最強也不為過。

這樣的人物不只遭到某人的襲擊，甚至還受了無法擔任引導人的重傷。

「這……那個……」

「啊～沒關係沒關係，妳不必回答，看這種反應就夠了……不過這是真的嗎～我還以為能正面對抗赫拉克勒斯的人只有維達（Vidar）或我們的最強戰力而已。打倒他的人到底是誰？」

女性看向周圍。飛鳥等人覺得彼此視線似乎有一瞬間對上，然而女性並沒有特別在意，而是把視線放回菈菈身上。

「假設原本的預定是讓身為引導人的赫拉克勒斯在這個地下迷宮等我們，就代表那個怪物**本來應該**由赫拉克勒斯和參賽者一起打倒吧？我不知道敵人是什麼樣的超獸，但是現在改成要我們自己去挑戰是不是太過分了？」

「……嗚……」

「噢，抱歉抱歉，這件事妳大概無法回答。那麼我換個問題好了……雖然前提是地下迷宮裡真的有那種超獸，卻有不少人已經心生膽怯。所以妳能不能講個什麼會讓大家提起幹勁的特別獎賞呢？」

女性察覺菈菈被逼得有些畏縮，為了緩和氣氛，她眨了眨眼把話題切換到遊戲報酬上。菈菈也放鬆表情，立刻順著這個話題回答。

「當然，這次的挑戰並非沒有任何回報……這個地下迷宮裡沉睡著和勝利條件有關的重大情報。」

「什麼嘛，這下事情就簡單了。也就是說不管怎麼樣，我們都得為了攻略主權戰爭而挑戰迷宮，對嗎？」

「嗯，這種解讀並沒有問題。」

迷宮裡沉眠著勝利條件的相關情報……這句話讓好幾名參賽者的眼中閃出銳利的光芒。身穿休閒便裝的女性用手指做出ＯＫ手勢，笑著說道：

「ＯＫ，那麼我最後想再問一個問題。那個情報是妳想讓我們去見的人物會給出？還是能在這個地下迷宮裡取得？」

「關於這部分，進入迷宮就能知道答案……只要你們確實是我們尋求的勇者。」

女性對這個回答似乎感到滿意，踩著輕快腳步退向後方。

和拿著雙槍的少年會合後，她聳著肩低聲開口。

「你該感到高興，康萊（Connla）。似乎又會出現能讓你滿足的戰士。」

「這種話已經讓我期待落空好幾次了，拜託這次要是真的。」

雙槍少年露出有些欠缺幹勁的笑容，便裝女性也笑著拍了拍他的後背。

看樣子她已經問完該問的事情。

聽完這些對話後，飛鳥和耀都對彼此使了個眼色。

「那個人是相當高明的遊戲掌控者。根據那種態度，很可能已經注意到『石柱』與『石碑』之謎。」

「嗯，或許把她列入警戒對象會比較好……反過來說，到了這個階段還沒察覺的參賽者大概都可以無視了。那種人就算找得到石碑，想必也無法理解上面的文字到底是什麼意思。」

趁早進行判別，區分出該警戒的競爭對手和不需要警戒的對象並不是什麼壞事。至於在場的參賽者們，應該大部分都沒有必要警戒。

「如此一來……當前的競爭對手果然是她嗎？」

飛鳥等四人看向先前連續提問的那位女性。

她身穿破洞牛仔褲搭配圖案T恤，腰間掛著寬版的皮帶，臉上還有一副遮住了半張臉的太陽眼鏡。這些衣服和裝飾品都使用了不會在箱庭看到的材質。

很明顯，她是來自箱庭之外的異鄉人。

彩鳥、飛鳥、耀開始各自提出自己的感想。

「那個人雖然是黑髮，但不像是日本人。五官看起來像是西歐那邊的長相，或許是拉丁裔？」

「還無法判斷。畢竟到了未來，頭髮隨便就可以染成其他顏色吧？看她的服裝，顯然跟十六夜他們是同一個時代。」

「嗯，我也覺得靠頭髮顏色來斷定很危險。」

一旦出身的時代不同，隱藏身分的手段也會改變。

假使對方出身於二〇〇〇年代，那麼不需使用恩惠也另有各式各樣的方法能夠改變外貌，因此非常棘手。

「其他可以當成線索的部分……啊，她衣服上那一大片圖案會是旗幟嗎？」

聽到飛鳥這麼說，其他人的視線也集中過來。

女性的T恤上畫著由三個圓圈、王冠和鑰匙所組成的圖案。

「……那是我這個時代常見的插圖，而且在外界，把沒有意義的圖案印在T恤上不是什麼稀奇的事情，所以我想很可能和旗幟並沒有關係。」

如果對方出身於和彩鳥相同的年代，那個時代確實會把各種概念藝術應用到服裝上。神話傳說方面更是從大眾藝術到破壞兵器都仿效了與其相關的名稱和造型，就算找得到和圖案符合的內容，說不定也沒有什麼參考價值。

然而對於這種推測，上杉女士表示懷疑。

「這麼簡單就下定論真的沒問題？」

「怎麼說？」

「在這次的主權戰爭中，參賽者的背後還有出資者。既然那些出資者都賭上自身的名譽和面子來支援參賽者，那麼妳們認為出資者有可能允許參賽者使用無關的概念圖案嗎？」

主權戰爭裡的出資者與參賽者的關係和外界並沒有什麼不同。

出資者提供支援，獲得支援的參賽者若有了活躍表現，出資者的名聲也會隨之提昇。

因此要是參賽者使用了以其他神話為中心思想的圖案，出資者當然會大發雷霆。

「自古以來，在戰場上偽造旗幟一直被視為最卑鄙的手段，這點在箱庭也是一樣。」

「也就是說……上杉小姐認為她衣服上的圖案具備某種意義？」

「沒錯，彩鳥覺得如何？妳沒有在哪裡看過類似的旗幟嗎？」

「啊……嗯……我不是完全沒有印象，不過……」

彩鳥欲言又止，這是因為她其實很熟悉那個圖案。

雖然彩鳥先前故意用「常見的插圖」這種說法來含糊其詞，上杉女士的追問卻讓她無法輕易搪塞過去。

講到王冠與鑰匙——尤其是這個呈現橢圓形的獨特王冠，在歐洲圈恐怕不會有人看錯。

這個王冠的知名度就是高到如此地步。

「彩鳥，老實說我對那個王冠也有印象。不光是我，焰和鈴華大概也看得出來，十六夜更是絕對能找出答案……那個王冠是『三重冕』吧？」

——「三重冕」？飛鳥和耀都不解地歪了歪頭。

不只是對陌生的詞彙感到疑問，兩人甚至是第一次聽說王冠會根據種類而各有名稱。

「如何？我已經講到這個地步了還是不行嗎？」

「……對不起，我確實知道一些事情，但是不能隨便透露關於她的情報。」

「原……原來她那麼了不起嗎？」

「我不清楚她本人的出身，不過如果那個旗幟真的是『三重冕』，那麼至少她的出資者是最上級之一。而且最重要的原因是……她的出資者極有可能是女王的同盟對象。」

這出乎意料的發言讓三人大吃一驚，同時也明白彩鳥為何三緘其口。

彩鳥身為女王騎士，為了女王的名譽參賽。

然而她的主要任務是保護西鄉焰等人並繼續進行遊戲，若要問彩鳥是不是被冀望奪下優勝的真正人選，也只能搖頭否認。

換言之，既然那位女性有可能才是女王真正押寶的對象，彩鳥自然不能把情報透露給作為競爭對手的飛鳥和耀，就算她本人想說也**沒辦法說**。

「我明白了，關於那個人的事情就以後再討論吧——遊戲看來即將開始，妳們準備好了嗎？」

「啊！請等一下！我還有事情想請問一下菈菈小姐！」

耀跑向菈菈身邊，舉起一隻手提問。

「那個……菈菈小姐，是不是已經有人先行潛入地下迷宮，或是有人從其他入口闖進去了？」

「……這個嘛，實際上如何呢？我沒有說明這部分的權限。」

雖然她並未否定也沒有肯定，這種講法卻差不多等於已經回答。

以聚集於此的參賽者們來說，大部分的層級都不是很高。

或許該當作有實力的遊戲參賽者已經被分散安排，還要做好與強者進行遭遇戰的心理準備會比較保險。

「時間差不多了。這個迷宮裡有好幾個關於勝利條件的線索，要採用何種手段探索迷宮全交由各位自行決定……但是，只有一點希望大家能事先諒解。」

菈菈豎起食指，看向所有參賽者。

「接下來──**會有生命危險**。不是起因於參賽者之間的戰鬥，而是指沉眠於這個地下迷宮中的怪物可能會殺死你們。」

菈菈警告參賽者說不定會失去生命。

恩賜遊戲畢竟是神魔的遊戲，像這樣發出警告的行為是非常罕見的做法。因為與死亡為鄰的遊戲在箱庭根本是家常便飯。

既然莊莊無視這種慣例特別提出警告，代表這趟探索必定伴隨著極具威脅的危險。

「我希望只有願意賭上性命也沒關係的人再踏入迷宮……不過凡事都有萬一，要是感到性命遭受威脅，無論什麼狀況都可以前來東邊的聚落，我們必定會提供助力。」

通往迷宮的大門開啟後，沒有任何人急著進去。

許多集團開始慎重討論或重新確認準備狀況，飛鳥一行人卻直接前往迷宮入口。

「我們沒有理由猶豫吧？要比任何人都更快破解這個迷宮！」

「既然有好幾個石碑，那麼分頭尋找應該比較好？」

「人海戰術固然不錯，但方針也很重要。如果目的是位於地下的人物，那麼必須分成『尋找石碑』和『前往地下』這兩個小組。」

「……總覺得很像ＲＰＧ電玩。」

什麼？飛鳥和上杉女士頭上都冒出問號。

彩鳥似乎很不好意思地退了一步。

只有耀立刻聽懂彩鳥想表達的意思。

「噢，說起來確實滿像的。我自己沒玩過那種挑戰地城形式迷宮的古典遊戲，彩鳥小姐的時代還有那種作品？」

「我不知道算不算是古典，不過記得是學長他們喜歡的遊戲類型。倒是春日部小姐知道ＲＰＧ電玩讓我很驚訝。」

「是嗎？其實我玩了不少遊戲，例如信長的展望、三國奔走，還有七宇宙圓桌傳說系列等等……通常都是固定的幾個類型。」（註：指《信長的野望》、《三國無雙》（奔走與無雙的日文發音相近）、《七龍傳說》）

彩鳥連連眨眼，覺得耀有這種興趣很出乎意料，因為她原本以為耀的興趣更偏向戶外。就算沒有從事那種需要動來動去的劇烈活動，也會去欣賞楓葉或是湖邊散步等等。

「春日部小姐的興趣其實很廣泛呢，連廚藝也好到讓人驚訝。」飛鳥插嘴說道。

「是……是那樣嗎？」

「我只懂得皮毛，而且『No Name』的主力成員都很擅長料理，我的水準大概跟其他人也沒什麼不同吧。」

「哦哦……」彩鳥發出佩服的感嘆聲，她第一次聽說這些事。

正如耀所說，「No Name」的女僕長和傭人們都擁有極高的服侍能力。如果耀的水準能與他們相提並論，顯然相當高明。

「真是意外的真相。要是哪天有機會，我想領教一下妳的手藝。」

「可以是可以，但到時妳也要回請我吃一頓。」

「那樣正合我意。或許外表看不出來，不過我在家政課的必修科目裡可都得了滿分。一直沒有機會表現，我還覺得很不甘心呢。」

「喔喔，真是讓人期待。等破解亞特蘭提斯大陸的遊戲後，大家一起舉辦自助餐式的宴會或許也不錯。」

耀和彩鳥很難得地熱烈討論起女性話題。

望著兩人的飛鳥似乎滿心落寞。

上杉女士則是笑著指向地下迷宮。

「抱歉打斷妳們的開心話題，我們差不多該進去了。要分成各有兩人的小組嗎？」

「不，我覺得那種方式不夠快。探索石碑交給妳們三個負責，我自己先去地下。」

聽到這個提議，飛鳥等人有些慌張。

「春……春日部小姐，我覺得那樣有點不妥。」

「況且一個人太危險了，最好避免單獨行動。」

「沒問題，我不是只有一個人。昨天晚上不是也有說過嗎？現在可以找來同樣身為『階層支配者』的朋友。」

飛鳥回想起昨晚的交涉。多虧御門釋天幫忙全面扛起責任，目前已經能夠補充人才。

「萬一發生戰鬥，我會請她幫忙，而且她的力量甚至可以讓戰鬥重新來過。在面對未知的敵人時，我那個朋友真的非常可靠。」

「哦？」上杉女士似乎對這些話很感興趣。

「在缺乏敵人情報的狀況下依然能發揮出萬全的力量」是一種稀有的能力。雖然擁有的恩惠也很重要，但最重要的是必須具備足以因應任何狀況的智慧與勇氣。

若不是對那個人物抱有絕對的信賴，自然無法說出保證對方智勇的言論。

「而且……飛鳥現在不能使用身為防守主軸的阿爾瑪小姐，如果地下真的有什麼危險的敵人，妳能使用的對應手段也很有限吧？」

「……是啊，這點我無法否認。」

「所以由我先去最下層看看。要是很危險，我會退回來找大家會合；就算其實不危險，我也不會隨便亂來。」

「既然春日部都說到這個份上，就交給她也沒問題吧？畢竟探索石碑肯定很花時間，這個作戰計畫雖然大膽卻也算是實在。」

「……唉，真是沒辦法。」

飛鳥拿出自己的恩賜卡。

一個戴著尖帽子的精靈從恩賜卡中跳了出來。

「我把梅爾的姊妹之一交給妳。萬一在會合時迷了路，可以拜託她帶妳過來我這邊。」

「是的！我會帶路～！」

「謝謝，飛鳥妳們也要小心。」

四個人對著彼此點頭，準備分頭行動。

耀隻身前往地下，飛鳥等人則負責尋找石碑。

＊

——地下迷宮，第一階層。

進入洞穴後，一行人意外發現內部有許多經過修整的痕跡。

不只地上到處鋪著石板，甚至設置了不少讓人能看清腳邊的煤氣燈。看樣子這是改建自然洞窟而成的迷宮。

入口附近有一些小動物出沒，但是往深處前進後，生物逐漸銷聲匿跡。

雖然說是迷宮，看起來卻像是有人頻繁出入。

飛鳥、彩鳥和上杉女士等三人在通往地下的樓梯和耀分開行動，隨後討論起對這個迷宮的各自感想。

「總覺得期待有點落空，我原本以為會有很多幻獸之類。」

「而且這裡明明叫作『迷宮』，內部構造卻相當複雜。其他舞台還可以另當別論，在這場遊戲中用錯名稱想必別有什麼意圖。」

在與亞特蘭提斯大陸有關的遊戲過程中，已經多次針對「迷宮」和「迷陣」的種種不同透露出線索。因此這次是例外的機率並不高。

「既然經常有人出入，代表這裡原本或許是進行某種儀式的場所。想來前面幾層會比較安全——不……」

上杉女士的發言突然中斷。

接著，她以銳利的眼神望向右邊深處的通路。

那裡充滿靜謐的空氣，然而看在上杉女士的眼裡恐怕是不同的景象。她把刀拿在手上，舉起右手示意飛鳥等人退後。

「……根據這次的規則，敵對行為應該沒有什麼意義，這份殺氣卻是相當逼人。」

既然夾帶了私怨，最好判斷躲藏起來的對手是認識的人物。上杉女士靜靜回頭。

「妳們認識這個存在感嗎？」

「呃，察覺存在感之類的超人技能對我來說有點困難……」

「我有印象。這份敵意肯定也是衝著我來，那麼理應由我來處理。」

彩鳥掙脫上杉女士的制止走向前方，手中已經緊握蛇腹劍。

為了忘記先前的丟臉行為，其實她正想找件事情來發洩。難得鬥志高昂的彩鳥放出蛇蠍般的劍閃。

敵人似乎也很欣賞她的鬥志，從轉角處現出身影。

「……哼，沒想到妳會主動出手。不過也好，這下咱們比較輕鬆。」

「反而該感謝她吧。要是三個人決定一起上，我等也很難不取性命就控制住場面。若以現狀來說，還可以提出以勝敗來分出是非的賭局。」

對方的真面目是帶著白虎幻獸的少女。

彩鳥心想果然如此，眼神也更加銳利。

自「天之牡牛」事件以來，這是雙方第二次對峙。

她是中華神話《封神演義》中提及的仙道之一。

手上握著炎之槍的少女——仙人申公豹帶著大膽笑容報上名號。

「那麼重新自我介紹吧。咱的名字是『申公豹』，目前是聽從『Avatāra』任意使喚的打雜工之一。」

一報完名號，申公豹隨即舉起熊熊燃燒的長槍。她瞪著彩鳥舔了舔嘴唇，就像是要激勵自己般開始揮舞手中的武器。

長槍放出的火焰並非一般的火焰。

要是被直接擊中，彩鳥和飛鳥恐怕會屍骨無存。

「規則雖然禁止參賽者互相殘殺，不過重點是別死人就行了吧？只是缺手斷腳的話，妳應該還不至於掛掉吧？斬首騎士！」

「誰知道呢，畢竟我從來沒有失去過手腳。我現在倒是很想用妳的身體來測試一下，看看人類被斬斷四肢以後究竟還能支撐多久。」

兩人唇槍舌劍互相諷刺，同時測量著彼此的距離。

不死身的仙道「申公豹」——根據《封神演義》的內容，這是曾和傾國的女仙妲己一起在中華神話中布下層層奸計的反派之一。

她靠著三寸不爛之舌誆騙其他仙人導致戰火擴大，最後遭到斷罪，據說以頭顱和身體分家的狀態被沉進冰海之中。

即使擁有可愛外貌，其心腸之毒辣在中華神話中卻也是遠遠超過眾人。

要是認真廝殺，絕對不可能只缺個手斷個腳就得以了事。

「精靈列車那次受妳不少照顧，這次可要徹底一決高下！」

「正合我意。就算只是低等貨色，遭到不死身的傢伙糾纏不清還是讓人極為厭煩。我就按照傳說，把妳的腦袋作為迷宮的肥料。」

「哼！無名小卒還敢這麼囂張！」

申公豹跳到白虎幻獸——白額虎的背上，往彩鳥的方向衝了過來。

既然已經報上名號，沒有公平與否的問題，也沒有什麼不平不滿。

每個人都做好了心理準備，明白一旦以參賽者的身分相遇就必須開戰。

申公豹揮動炎之槍往橫一掃，位於槍尖前方的岩壁立刻無聲無響地熔化。

然而彩鳥卻壓低身子，從她旁邊一翻身滾了過去。申公豹馬上轉身試圖追擊——卻發現腦袋從脖子上**滑了下來**。

「嗚！什麼時候中招的……？」

蛇蠍之劍從申公豹的視線角落一閃而過。

彩鳥趁著躲開炎之槍並和申公豹擦身而過的那瞬間，也幾乎同時出手斬裂了她的脖子。由於這次斬擊來自完全無法看見的死角，申公豹才會無法反應。

看到這一幕，原本有意助陣的上杉女士悄悄把手從刀柄上移開。

（剛剛的斬擊……不只是來自死角那麼簡單。而是評估過對手的接觸面積與可動範圍，再加上抓準了對方無法順利收招的時機，可以說是必殺的攻擊機會。）

外行人大概看不出來，其實彩鳥並非和敵人同時行動。她是靠著敵人不明顯的第一個動作和重心轉移來預先看穿長槍的軌跡，接著才移動自己的身體鑽進空檔裡。

這種判斷力迅速到已經無法用反擊來形容。

就算是上杉女士，恐怕也無法做到相同的事情。

飛鳥不由得摀住嘴巴。

（……沒錯，她真的是戴著面具的那個人。）

老實說，即使聽過關於彩鳥身世的說明，飛鳥對她的身分還是欠缺實感。畢竟兩人雖為姊妹，飛鳥卻只看過一次對方的臉孔，彼此的交情也沒有好到能從彩鳥身上找出什麼過往的痕跡。

縱使照鏡子時偶爾會突然回想起過去，現狀和當時的記憶卻無法一致。

若把現在的彩鳥拿來和那個冷靜沉著的面具騎士相比，兩人散發出的氛圍實在差異太大。

女王騎士斐思·雷斯是一個經常語出諷刺，擁有聰敏鬥志，手持三種武器就能展現出宛如鬼神的武技，實力萬夫莫敵的武人。

至於久藤彩鳥這個女孩……為人卻顯得過於親切和善。

先前對話時也是如此。同樣是要展現親和，斐思‧雷斯不會講出那麼直率的發言，也不會猶豫是否該說出真相。

如果只比較雙方的為人，根本不可能把她們視為同一存在。

也因為如此，飛鳥一直無法抹去這種不協調的感覺——

「呼……！」

久藤彩鳥手上的蛇腹劍連連伸縮。

蛇蠍般的劍閃描繪出曲線，狙擊純白老虎的脖子。貓科動物在全力奔跑時會出現特有的破綻，彩鳥的攻擊當然沒有鬆懈到會放過這種機會。

接下來蛇腹劍劃過申公豹的右手，再往上刺進她的喉嚨。

申公豹和白額虎失去平衡後，彩鳥繼續展開追擊。這樣的她跟飛鳥記憶中的面具騎士一模一樣。

完全支配自身和敵方之間的距離感，發動讓對手來不及喘息的連續攻擊，把獵物逼上絕境。

有時強大到能夠橫掃巨人族，有時卻又柔韌到連魔王的凶爪都可以化解的武技。

那個曾經多次出手搭救，也導致飛鳥承受折磨的神域之武人……回到了她的面前。

「哎呀，實在厲害。跟之前在精靈列車上和我比劃時簡直判若兩人，這才是彩鳥的真本領嗎？」

「……嗯，她的戰鬥風格還是那麼讓人不舒服。」

「那是當然。所謂對陣就是要互揭底牌攻其不備，等於是各種反感行為的集大成。若以這種角度來看，彩鳥的武技確實夠格形容為神域之技。」

上杉女士連連感到佩服，飛鳥卻嘟起嘴巴像是有些不以為然。

然而考慮到敵人的層級，現在還不能太早安心。

以疾風般的俐落腳步馳騁全場的那隻白虎，在《封神演義》裡名為白額虎。牠的利齒能夠啃噬精靈和妖術，還能淨化災厄。

因此這隻幻獸碰上仙道使用的術法和魔術時可說是近乎無敵，不過——

「嘎啊！頸動脈又被砍斷了！白額虎，你該不會是在她砍咱脖子時才刻意不閃躲吧！」

「怎麼可能，是對方的劍技太巧妙了，我可有好好守住自己的脖子。」

「意思是你只有保護好你自己的脖子嗎！」

白額虎背上的申公豹一邊大叫，一邊以單手揮動炎槍並彈開蛇蠍劍閃。但彩鳥只是轉動手腕就修正了攻擊的軌道，再次阻擋白額虎的去路。

這樣的攻防重複了三次。

一直找不出有效對策的申公豹開始感到焦躁。

（老實說，這種完全被對方看穿的狀況根本不正常。看樣子最好直接斷定她擁有和未來預知能力同等級的戰略眼。）

能夠知曉遙遠未來的未來預知能力和未來預視能力是極為稀少的恩惠，但是預知近未來的恩惠卻多的是替代辦法，甚至該說是完全不稀奇。

畢竟只要稍微動動腦，任何人都可以預估出未來的可能情勢，所以當然會有用來補足那些推論的恩惠。

（情報收集能力、情報處理能力、情報隱蔽能力……擁有這三種能力就能獲得等同於未來預知能力的技術。而且，這傢伙還具備實行這種技術的能力。）

然而久藤彩鳥真正讓人畏懼的特質是——這一切全都沒有利用到恩惠(Gift)與技能(Skill)。

（這傢伙的招式並不是藉由功績而具體化的技能，也不是來自諸神的恩惠。以咱們兩個為對手，她居然可以不依靠任何神秘和幻想。）

所謂的神域之技並不是指諸神賜予的武技。

而是以人類之身到達和諸神同等領域的武技都被總稱為神域之武技。

（我記得元始天尊那老頭好像說過，武技到達神域之人可以獲得仿擬的自我觀測能力，提昇存在概率和密度，並以個人身分取得超越人類界限值的力量。也就是說，這傢伙身上其實有著與神格持有者同等的靈格嗎……！）

久藤彩鳥和飛鳥不同，已經失去源自血統的靈格。

她現今持有的靈格幾乎完全仰賴自身的武技。

雖然女王配發了一些靈格作為轉生時的契機，但那些只被用來維持彩鳥的存在。因此若想壓制她的武技，必須施展大規模的破壞能力，或是準備絕對不可能突破的堅牢防守。

眼前由利刃形成的牢籠如果是仙術之類，只要讓白額虎吸收就能破解，問題是彩鳥的劍術卻完全沒有使用到那類恩惠。

上次交手時也是同樣狀況，顯然這種特質就是跟申公豹不對盤。

「要求跟她再打一場的可是妳本人，申公豹。別只靠我的移動力，自己想點辦法如何？」

「要是辦得到的話咱早就行動了，臭老頭！總之咱們先縮短距離！」

申公豹同時應用噴出火焰的長槍與開天珠，製造出火焰漩渦。白額虎只吞掉火焰漩渦的**中心**，迅速衝過利刃形成的牢籠，縮短和彩鳥之間的距離。

儘管申公豹和白額虎不斷鬥嘴，但是要毫髮無傷地衝進火焰漩渦並縮短和敵人的距離，並不是簡單到可以不事先商量就直接辦到的合作行動。

兩者精彩的默契讓彩鳥不由得睜大眼睛。

（這招高明。像蛇腹劍這種有彈性的武器，一旦被風勢或火勢震開，刀身就無法再次接近敵人。）

蛇腹劍的最大射程大約是二十公尺，不過為了在敵人周遭布署利刃牢籠，必須靠近到剩下五公尺左右。

只要對方發揮出比這種攻勢更強的突破力，確實有辦法穿越利刃形成的牢籠。

然而彩鳥早在敵人拿出「炎之槍」時就已經預測到這個發展。

既然在料想之中，當然也準備好了對策。

彩鳥冷靜地往後跳，運用全身的肌肉來揮動三次蛇腹劍。

飛散的火焰漩渦轉瞬之間就被蛇腹劍纏住，蛇蠍般的劍閃化身為一條炎蛇，開始灼燒申公豹和白額虎。

發現狀況不妙的白額虎咂了咂嘴，立刻把火焰吸入口中，拉開彼此的距離。

彩鳥把帶著餘火的蛇腹劍用力砸向地面，掀起陣陣煙塵。

視線遭到遮擋的申公豹和白額虎一時找不到她的身影。

（嗯，這下不必擔心了。）

上杉女士解除警戒，以雙臂環胸的姿勢靠到牆壁上。可以看出彩鳥的鬥志跟上次完全不同，因此她露出笑容，打算趁此機會好好欣賞所謂的神域之技究竟有多厲害。

由於煙塵影響而看不清彩鳥在哪的白額虎滿心焦躁地咂了咂嘴。

「嘖！她的反應也太快！我們還是先重整……」

「笨蛋！別停下來啊！」

以為已經拉開足夠距離而有點鬆懈的白額虎受到三支箭矢的狙擊。

彩鳥之所以製造煙塵，是為了讓敵人無法察覺她換了武器。

白額虎在千鈞一髮之際甩頭避開箭矢，卻在著地時有點失去平衡。

彩鳥當然沒有放過這個破綻。

她拿出兩把長槍，先射出其中一把，再跳起來跟在後方發動連擊。失去平衡的白額虎來不及反應，只能由背上的申公豹鼓起萬千氣勢來迎擊彩鳥。

雙方交戰了幾個回合，最後用槍動作略顯生澀的申公豹慢慢遭到彩鳥壓制。

（看這種僵硬的動作……我的猜測果然沒錯嗎？）

已經沒有必要繼續猶豫。

彩鳥一口氣發動連擊，接著繞到申公豹持槍那隻手的另一邊，趁她換手時露出的空檔把槍柄往上挑起。

「嗚！」

這下申公豹的正面毫無防備。然而她身為不死身的仙人，無論傷勢多重都能立刻治好。

於是彩鳥拿出麻繩。

既然砍傷她也沒有效果，那麼乾脆直接綁起來就好。

彩鳥以操控蛇腹劍的訣竅來使用麻繩，兩三下就纏住申公豹和白額虎，把他們捆了起來。

「好……好痛啊啊啊啊！」

「到此為止！勝負已分了，申公豹！」

旁觀的上杉女士介入戰局。

在不能奪走敵人性命的狀況下，生擒是常見的手段之一。

中公豹眼裡是滿滿的抗議，白額虎卻老實地接受了結果。

「我投降，也願意承認敗北，女騎士。」

「喂喂你等一下啊老頭！咱可沒認輸！」

「頸動脈都被砍斷那麼多次了還說什麼。要不是妳擁有不死身，早就不知道死了幾回。死鬥還可以另當別論，這次不過是前哨戰，現在已經是收手的時候。」

聽了白額虎的訓斥，申公豹才滿臉不情願地閉上嘴。彩鳥呼出一口長氣，就像是總算放心。畢竟對手是個腦袋被砍掉，四肢被截斷，心臟被刺中甚至全身遭到肢解並封印在冰海裡都還能活下去的仙人。

想在不用出太多底牌的狀況下結束這場戰鬥並非易事。

（她這態度與其說是乖乖認輸，其實更像是不願意透露更多情報給其他參賽者。我這邊也一樣，並不想繼續展現出更多實力。）

然而這次能看到兩人的默契算是正面的收穫，想必白額虎的任務就是要冷靜制止申公豹衝動行事。

下次交手時，如果不能想辦法促使白額虎失去冷靜，恐怕很難讓申公豹落入陷阱。

這樣的白額虎和能夠靠著不死之身大膽行動的申公豹，或許是很相配的搭檔。

「好啦……既然結果是我方勝利，你們就老實招了吧。」

「沒錯，不覺得這個先制攻擊相當大膽嗎？事情沒有簡單到可以隨便就笑著原諒你們。而且妳先前自稱是『Avatāra』的一員，就是指**那個**『Avatāra』？」

飛鳥瞪著申公豹等人，完全不打算掩飾自己的敵意。

畢竟她很清楚「魔王聯盟」與「Avatāra」之間的關係，這也是表現出敵意的最大理由。

不過申公豹卻嘟著嘴把臉轉開。

「哼，哪還有別的『Avatāra』？就說咱只是隸屬於仁・拉塞爾的跑腿雜工而已。」

「仁小弟？……是嗎，那孩子做了那麼危險的事情啊。」

久遠飛鳥以手扠腰，顯得相當憤慨。看樣子她並沒有把仁・拉塞爾視為叛徒，只是因為得知他在亂來而感到氣憤。

另一方面——聽完申公豹的回答，久藤彩鳥也明白為什麼擔負「Avatāra」核心的人是仁・拉塞爾。

（話說起來，仁小弟擁有源自於所羅門王的魔王隸屬權。我原本無法理解身為《封神演義》有名仙人之一的申公豹怎麼會加入「Avatāra」，如果仁小弟的恩惠就是理由，那麼確實說得通。）

《封神演義》中記載，申公豹敗給宿敵兼師兄的太公望後，被活生生地封印在冰海之中。說不定正是仁去解開封印，讓申公豹成為自己的手下。

（釋天先生說過，在我離開箱庭後，曾經發生遭到封印的魔王們接二連三失蹤的事件。申公豹想必也是其中之一。）

根據釋天的情報，這個到處破壞魔王封印塚的神祕事件似乎是由兩年前大戰過的「魔王聯盟」殘黨所為。

因為沒有造成什麼算得上損害的損害，這件事很快就遭到眾人遺忘……但是假使解開封印的犯人真的是「Avatāra」的成員──

代表目前有許多魔王隸屬於那個共同體。

（而且中華系的參賽者不只是申公豹一個，連那位著名的七天大聖之長，牛魔王也加入了「Avatāra」。）

不僅如此，剛剛的攻防還讓彩鳥發現其他事情。

申公豹使用的那把噴火炎槍是被稱為「火尖槍」的寶貝之一，原本的所有者是中華大陸神話中的少年神，擁有武神身分的神靈──「哪吒太子」。

眾人皆知哪吒太子和同樣是中華系的齊天大聖素有交情，據說七天戰爭時他還成為阻擋在齊天大聖面前的最大敵人。

原本屬於哪吒太子的火尖槍為何會落在申公豹手上？

和七天大聖之長的牛魔王又有什麼關係？

（……來試著打探一下內情吧。）

彩鳥下定決心，靠近申公豹並帶著笑容對她搭話。

「承讓了。不愧是天下聞名的申公豹，實力果然高強。」

「……嗯？這是怎樣？贏了還說那種話，是想自誇？還是想挖苦咱？」

「不，這是出自本心的稱讚。明明使用不習慣的武器，妳的槍術卻精彩到幾乎感覺不出生疏，實在讓人佩服。我雖然對自身的武技很有自信，卻也是因為對使用的武器都很熟悉。」

「……唔唔？」申公豹看了看白額虎的反應。

上杉女士察覺出彩鳥的目的，往後退開一步。

飛鳥滿心疑惑，不明白彩鳥為何突然開始奉承對方。

白額虎先把頭轉開，才開口回應申公豹以視線送出的疑問。

「嗯，她沒有說謊。」

「是嗎？她真的在稱讚咱？」

「真的，她確實看出妳的槍術只不過是現學現賣。既然看穿本質後還講了這些讚美，妳大可以放寬心接受。」

「哦哦哦……」申公豹似乎很害羞地滾來滾去。

這出乎意料的態度讓彩鳥連連眨眼，她沒想到如此單純的奉承竟能得到這麼明顯的反應。

（這個人是不是比我原本預估的更容易哄騙呢？）

申公豹這個人物應該和傾國的美女妲己相同，是個籌劃各種詭計陰謀，讓太公望等人大吃苦頭的仙人才對。

眼前這個人卻讓彩鳥覺得未免太好哄。

或許是看穿了彩鳥這種想法，白額虎帶著銳利眼光低聲開口。

「……但是我無法理解，妳這傢伙為什麼會得出那種結論？」

「呃……因為槍術在使用掄掃等招式時，為了保持寬廣的可動區域，左右手的上下位置互換是最關鍵的動作。雖然十文字槍的用法又不一樣，不過那把槍並非那種類型。我感覺她的戰鬥風格和鍛鍊方式反而比較接近以刀劍類為武器時的習慣，所以如果剛剛那種表現真的只是一朝一夕練出的槍術，顯然是令人難以置信的優秀才能。」

彩鳥率直地說出對先前戰鬥的感想，她並沒有說謊。

申公豹騎在白額虎身上施展槍術時，換手的動作確實顯得有些生澀，武技本身卻具備相當高的水準。

因此彩鳥稱讚她的言論本身不是謊言。

申公豹神色嚴肅地沉默了幾秒——然後換上完全不同的開朗笑容。

「什……什麼嘛什麼嘛！妳這傢伙原來聽得懂人話啊！居然能理解咱的優秀，看樣子妳也挺有一套！」

「噢……這是我的榮幸，不過妳為什麼要使用不熟悉的長槍作為武器呢？」

「哎呀，因為咱好不容易從元始天尊那老頭手上偷……呃，拿到這玩意兒，所以想說不用一下的話不就虧了嗎？而且妳知道咱是天才嘛，無論是什麼樣的寶貝，都只要花點功夫就能夠使用。」

哼哼哼……申公豹得意地挺起胸膛。

這時，彩鳥突然想起申公豹在《封神演義》裡的定位。

（對了……！我記得申公豹這個人物的傳說確實提到她是一個為了證明自身的優秀才刻意施展各種詭計的仙人。）

這種強烈的自我表現欲望恐怕是她遭遇災難的原因，卻也是行動力的來源。

只要改進這個缺點，申公豹肯定是一位優秀的仙人；然而也正是因為無法改進，她才會落到今天這步田地。

彩鳥正在盤算要如何利用申公豹的這種自我表現欲望——

一臉嚴肅的上杉女士卻突然介入兩人之間。

「不好意思打斷兩位。申公豹，在下是隸屬於『天軍(Deva)』的上杉謙信。」

「嗯？天軍？……不，等等，『天軍』是指那個『天軍』嗎？該不會是元始天尊那老頭委託妳來的吧？」

「不，這次是為了別的事情。關於妳手上那把火尖槍的原本主人——哪吒太子，我有幾個問題想請教一下……妳知道他在幾十年前就失蹤了嗎？」

對於這個初次聽聞的情報，彩鳥和飛鳥都豎起耳朵退後一步。

申公豹警戒地癟著嘴開口。

「沒什麼知道不知道，咱之前才跟哪吒見過面。」

「妳……妳跟他見了面？是……是真的嗎？」

「嗯，我可以保證這不是謊言。」白額虎代為回答。

「那是什麼時候的事情？」

「大概是比『天之牡牛』開始鬧事時還早一點的時候吧？咱把從元始天尊那裡偷來的幾個寶貝借給他，從他那裡拿到火尖槍所有權和其他東西作為代價。」

雖然厚顏無恥就是在形容這種態度，不過申公豹大概是覺得再掩飾下去也沒有意義。上杉女士也故意當作沒聽到後半段，舉起手抵在下巴上。

「是嗎……那麼妳知道他打算去哪裡嗎？」

「知道啊，咱記得他要去西區的——不對，先等一下。」

申公豹的表情很快就充滿懷疑。

她把上杉女士從頭到腳打量了一番，才厭惡地咂了咂嘴。

「對了，咱忘記了，哪吒以前也是『天軍』的一員。妳身上有**哪吒他父親的氣息**，想必跟毘沙門天有什麼關係吧？」

申公豹瞪著上杉女士，表現出明顯的敵意。

心中暗暗覺得不妙的上杉女士瞇起眼睛。

她並非刻意隱瞞，只是沒有正確自我介紹的行動造成了反效果。上杉謙信在日本是被視為毘沙門天化身而馳名全國的猛將，到了大海對岸的國家卻算不上是擁有高知名度。

判斷事到如今再隱瞞下去也沒有意義的上杉女士重新介紹自己的身分。

「失禮了，看來是這邊說明得不夠精確，我現在是作為毘沙門天的化身而現世。」

「是嗎，那麼妳回去告訴妳的蠢上司。哪吒說：『這次無論如何都想幫助朋友』。」

「朋友？」

「沒錯，但是咱不能透露更多事情。既然妳是『天軍』，就試著自己去調查吧。」

聽到申公豹話中帶刺的發言，上杉女士只能滿臉苦澀地垂下視線。

彩鳥不清楚詳細的內情，卻也大致推測出哪吒太子去了哪裡。

既然說是**這次**無論如何都想幫助朋友，意思是**過去**沒能幫助對方。

（難道是……齊天大聖出了什麼事……？）

「唉～總覺得興致都沒了。」

「這種氣氛沒辦法要求再打一場……解開繩子吧，斬首騎士，我會支付敗北的代價。」

「代價？」

「這邊有石碑的副本，只要放了我們就可以給妳。」

「喂喂你先等一下啊老頭！」

「妳有其他能交出去的東西嗎？還是妳願意再度被丟進冰海裡？我可不願意。」

白額虎不以為然地駁回申公豹的抗議。站在彩鳥她們的立場來看，這是夠格作為客觀交涉材料的代價；至於申公豹那邊，交出複本也好過恩惠和寶貝被奪走的狀況。

（副本可以準備好幾份，即使只有一份，也只要背下內容就等於沒有損失……實在是相當難纏的對手。）

白額虎之所以沒有阻止申公豹的衝動攻擊行為，想必是因為已經準備好敗北時的交涉材料。對於想縮短攻略時間的彩鳥等人來說，這可以說是天上掉下來的禮物。

彩鳥解開麻繩收下副本，接著對申公豹提出疑問。

「所以果然有先行闖入迷宮探索的參賽者……你們是什麼時候進來的？」

「昨天晚上。除了咱們，應該還有另外一組。」

「仁一直敵視那些傢伙，說不定在下面打起來了。」

彩鳥等三人看向彼此，腦中都想到同一件事。

講到被仁．拉塞爾敵視的對象，代表對方極有可能是「Ouroboros」的成員。

「Avatāra」與「Ouroboros」之間有著很深的因緣。

如此一來，獨自先前往地下的春日部耀就讓人擔心。

「重要情報都入手了。要是這一層的石碑已經不必調查，我們應該趕快往下前進才對。」

「等一下，我要先問清楚這是調查到第幾層的資料？」

「因為我等的同志中有擅長這類攻略的人才，所以包括隱藏密室的位置在內，幾乎全都找齊了。把複本放在申公豹這邊，大概也是為了讓妳們能夠盡快追上。」

「咦！是那樣嗎？」

申公豹嚇了一跳，白額虎卻當作沒聽到。

換句話說，到此為止的發展都在某人的預料之中。

彩鳥等三人像是總算想通，全都瞪著往下的樓梯。

「仁小弟或許真有辦法想出這種策略……但是妳們不覺得這個離家出走的少年太過分了嗎？我覺得必須把他抓來說教一下。」

「要說教的話就交給我吧。為了因應這種狀況，我隨時都在鍛鍊拳頭。」

「……那樣可以稱為說教嗎？」

彩鳥一臉不解地歪了歪頭。

「不過既然拿到石碑的內容，我倒是很想進行考察。」飛鳥如此提議。

「那樣再怎麼說也算是過勞了吧？即使想靠我們三個去處理所有事情，實際上還是會有極限。」

「若是過於貪心，搞不好會兩頭落空……不，現在的情況是三頭才對。不管怎麼樣，此時勉強行事也不會有什麼好結果。如果無論如何都想解謎，應該把這份複本交給焰他們——」

當三人正在煩惱該怎麼做的時候……

彩鳥的手機突然發出輕快的響聲。

第四章

Last Embryo

數小時前——西鄉焰一行人照顧著失去意識的十六夜，來到原住民的聚落休息。

御門釋天表示在護送黑天離開之前都可以留下，因此也暫時來到聚落，打算對焰說明一些關於箱庭的情報。焰本來就覺得自己有必要針對箱庭中發生的事情和外界發生的事情查清其共通點，正好可以趁此機會從釋天那邊打探消息。

畢竟他必須在十五年這種有限的時間裡完成一切對應，當然不能浪費時間。

說不定箱庭的情報會以某種形式，成為拯救原本世界的契機。

焰和釋天開始談起嚴肅話題後——

鈴華和黑兔卻朝著大浴場前進。

「洗澎澎～洗澎澎～開心洗澎澎～♪大家一起脫光洗澎澎～就能成為好朋友～♪」

「不……不要！我討厭燙……！」

「哼哼哼，妳就認命一起來吧！」

她們抓著醒來的白化症少女，打開浴室的門，硬把她拖了進去。

鈴華在木製臉盆裡裝滿熱水，一口氣倒在少女頭上。

「嘿！」

「嗚呀！」

「不可以亂動喔！女孩子一直頂著滿頭亂髮是不行的！現在是『No Name』式的小朋友清洗時間！」

「黑兔妳洗髮尾！我負責把髮根洗乾淨！」

黑兔和鈴華按住白化症少女，開始幫她洗頭。

發現這個少女很久沒洗澡後，無法置之不理的她們決定進行強制清潔。

白化症少女嗚嗚啊啊地掙扎了一會兒，後來似乎漸漸感覺到洗頭其實很舒服，最後乖乖任憑兩人擺布。

由於這間大浴場使用了附近山脈湧出的溫泉，因此微微散發出山脈與森林的芬芳，感覺非常舒服。

當頭髮和身體都洗好後，白化症少女全身都籠罩在如同野外涼風的舒爽香氣之中。

「呼……總算結束了，每次強迫新來的孩子們洗澡都是一件大工程呢☆」

「YES！鈴華小姐也要負責照護小孩子嗎？」

「是啊，因為我們那邊是無論什麼條件的孩子都願意接納的養護機構嘛～而且金絲雀老師的方針是所有孩子都歡迎來我家！所以不久之前我們甚至還被當成專門負責接收問題兒童的收容所，不過實際上成員也都是些問題兒童啦……總之我身為比較年長的一分子，當然不能輸給弟弟妹妹們！」

「原來是那樣……鈴華小姐也很辛苦呢。」

黑兔看著鈴華，自然而然地露出微笑。對於同樣被金絲雀收養，一直守護「No Name」成員至今的黑兔來說，鈴華的經歷想必讓她產生了親近感。

白化症少女整個人都累壞了，安分地坐在鈴華腿上。

鈴華從後面輕輕捏著她的臉頰，順便開口發問。

「話說回來，妳叫什麼名字？從哪個國家來的？」

「——……」

白化症少女悶不吭聲地把臉轉開，看樣子她對鈴華還抱有戒心。

然而鈴華居住的「CANARIA 寄養之家」裡也有不少遭到父母和社會虐待，因此封閉自己內心的少年少女。

她經常和那樣的孩子互動交流，很清楚最重要的是不會受挫放棄的意志。

鈴華回想起白化症少女之前睡覺時緊抓著十六夜的衣服不放，推測出她應該願意信賴十六夜。

「聽說救妳的人是十六哥？等十六哥醒了，我們一起去謝謝他吧？」

「……！」

「可是如果不知道妳的名字，到時十六哥也會很困擾喔。而且我們到底該怎麼叫妳才好呢……妳願意告訴我嗎？」

鈴華繼續揉著白化症少女柔軟的臉頰。

她並沒有反抗，大概是因為鈴華照顧小孩子的動作顯得很熟練。

白化症少女又猶豫了一陣子，才吞吞吐吐地說道：

「……Seven。」

「咦？」

「研究設施裡的大人都叫我『Seven』……不過我想那應該不是名字。除了『Seven』，還會說我是『773號』。」

一點都不可愛吧……白化症少女似乎很困擾地垂下頭。

鈴華和黑兔臉上的表情都不由自主地凍結。

下一瞬間，兩人隨即察覺這個年幼少女成長的環境究竟是多麼殘酷，忍不住咬緊嘴唇。她嘴裡的「Seven」，恐怕是實驗體用的識別號碼之類。

沒有一個算得上是名字的名字，只被分配到用來識別的號碼。因為少女是實驗用的白老鼠之一，給予個別名字的行為並沒有意義。

這些白老鼠被製造出來作為用完即丟的道具，只能度過慘遭他人玩弄的可怕人生，最後不是被當成研究材料而死，就是被當成食物而死。

「……不可愛嗎……是啊，Seven 這名字聽起來不太可愛。」

「嗯……」

「真要說起來，反而比較偏向帥氣的感覺吧？男孩子的話倒是可以直接採用，但這不是女孩子的名字呢。７７３號當然更是免談……啊，要不然試著改用諧音也行，畢竟金絲雀老師經常說換成完全無關的名字並不好……」

鈴華把手搭在下巴上，開始自言自語個沒完。

她在手掌上寫了幾個文字又再三修改，最後咧嘴露出賊笑，再度捏起少女的臉頰。

「很好很好，我已經想到好幾個選擇了。等一下來跟大姊姊討論重要的事情吧！要幫妳取一個超級可愛又帥氣的名字！」

「可愛又帥氣？」

「對！要取一個又可愛又帥氣的超棒名字！」

鈴華從後面抱住白化症少女，高興得又叫又跳。

白化症少女歪著腦袋像是有點狀況外，卻沒有表現出有意拒絕的態度。看樣子她已經習慣了鈴華的激動風格。

黑兔帶著微笑看向兩人，這時才注意到少女的臉頰整個泛紅。

「哎呀呀，看來洗太久了。我們該出去嘍，釋天大人和焰先生大概也談得差不多了。」
「好！接下來是梳頭時間！」
「不要～……」
「不可以抱怨！既然要成為我們家的孩子，我會要求妳注意儀容！」
兩人拉著白化症少女的手離開浴池，幫她穿好衣服準備梳頭。
黑兔拿出以「Underwood」大樹樹幹所製成的梳子，只見少女的一頭毛躁亂髮迅速轉變成柔柔亮亮的髮絲。
鈴華不由得瞪大雙眼。
「嗚喔，這是什麼太強了吧？看起來毛鱗片一瞬間就復原了耶！」
「哼哼哼，這是飛鳥小姐在『Underwood』收穫祭時送給人家的禮物！可以在梳頭時除去多餘的油脂，理順髮絲，還能補充水分，性能非常強大！」
「聽起來這梳子真的很厲害！我也想要！晚一點有空再跟我詳細說明好嗎？」
梳理幾次以後，分岔的部分也逐漸修復，少女的白髮很快取回絲線般柔順強韌的光彩。
這現象讓白化症少女也驚喜得雙眼放光。
她恐怕從來不曾看過頭髮被整理得如此整齊，說不定連泡在浴池裡把身體洗乾淨的狀況也沒能經歷過幾次。
白化症少女在鏡子前看了看被整理好儀容的自己，以像是講不出話的態度玩起頭髮。等頭髮全都梳順後，鈴華拿出平常用來綁頭髮的圓點甜甜圈髮飾。

「好，那我也給個特別優待吧。頭髮這麼長肯定很礙事，就用我的髮飾幫妳打扮一下好了！」

「啊……嗯。」

鈴華以熟練的動作將少女的白髮抓成一束，再綁上髮飾固定。

眼裡充滿光彩的白化症少女甚至有點發抖。可能是因為這髮飾雖然簡單，不過出生以來頭一遭的打扮還是讓她極為感動。

少女不斷摸著頭上的甜甜圈髮飾，嘴裡還連連發出「喔喔……！」的感嘆聲。

看到她這種出乎意料的反應，鈴華用手指抵著下巴，稍微思考了一會兒。

「怎麼樣，妳喜歡這個甜甜圈髮飾嗎？」

「……嗯。」

「好！那我就把這個髮飾送給妳吧！這是我重要的人做給我的超重要東西，妳要好好珍惜！」

鈴華說完，伸手拍了拍少女的頭。

白化症少女多次用力點頭回應，才睜著發亮雙眼一直觀察鏡子裡的自己……最後咧嘴露出稚氣的笑容。

*

三個人玩了一陣子，玩累的白化症少女決定去睡覺。

她揉著眼睛，腳步不穩地走向十六夜的床鋪，斷電般地倒下去立刻進入夢鄉。鈴華確定少女已經睡著之後，舉起雙手伸了一個懶腰。

「呼……看她一直黏著十六哥的樣子，跟以前的我很像呢～」

「啊！人家聽十六夜先生說過，好像以前的鈴華小姐和焰先生也會像這樣一直跟著十六夜先生到處跑？」

「那是當然，畢竟十六哥是我們家最年長的成員嘛，而且這種年紀的小孩每個都跟小鴨差不多。」

一大群少年少女跟著十六夜，就像小鴨跟在媽媽後面那樣。

黑兔想像了一下那種場景，又趕忙偷偷忍住笑意。

「話說回來，焰跟釋天在忙什麼？」

「兩位一直待在起居室裡，我們要不要也過去看看呢？」

「好啊，我也想問一下今後的計畫。」

兩人前往起居室後，才發現焰和釋天正攤開羊皮紙，似乎還在討論著什麼。

釋天說明了十六夜等人在三年前被召喚到箱庭後發生了什麼事。

還解釋了關於箱庭的最強種、恩賜遊戲的概念以及魔王和主辦者權限到底是什麼等等。

大致聽過一輪後，一臉正經的焰瞪著匯總了各項情報的羊皮紙。

「人類與神靈的相互觀測……原典(Origin)候補者……『黑死斑死神』和『絕對惡』之魔王、恩賜遊戲……再加上星靈、神靈、龍種這三大最強種。釋天也是最強種中的『天生神靈』嗎？」

「就是那樣。哼哼，得知自己一直受到真正的神靈保護，是不是讓你吃了一驚？」

「那不重要，倒是所謂三大最強種中只有純血龍種是『毫無前兆就突然發生』，這是真的嗎？」

「哼哼……居然連無視技能也變得如此高明了。」

釋天把眼神投向遠方，才嘆著氣回答問題。

「純血龍種……沒錯，只有那些傢伙是某一天突然出現在世界上的種族。這種認知基本上並沒有錯。」

——其實十六夜也知道這個情報。

前往「Underwood」的前一天晚上，他和蕾蒂西亞與狐狸少女莉莉一起洗澡時，曾經討論過這個話題。

「換句話說，只有龍種是處於箱庭定律之外的最強種嗎？至於原典候補者則會牽涉到銜尾蛇(Ouroboros)上的這兩者之間的關聯。」

焰開始總結情報，表情就像是正在破解智力遊戲的小孩。

覺得他看起來樂在其中的感想肯定不是多心。

焰還特別用筆尖敲了敲原典候補者這個項目，似乎對此很有興趣。

「雖然提出了『先有雞還是先有蛋』的問題，人和神是相互觀測者的關係卻又能成立……若以現狀來說，不管怎麼想都是量子力學上的二元論，但是只要人類這邊確立出『原典候補者』的存在，屆時就會形成二元論。在那種情況下，或許所謂的『觀測』並不是能量，而是該假設為能量單位。」

焰花了大約一分鐘，在羊皮紙上寫下了大量的數學表示式。

「如此一來，最讓人在意的果然還是這個『純血龍種』。如果『純血龍種』並不是像星靈那樣靠著質量來確立自身的存在，也不是像神靈那樣擁有相互觀測者，再加上還能作為單一生命體存在於可以從第三視角觀測時間流的箱庭世界裡……我想『擁有類似自我觀測能力的永恆存在』或許就是『純血龍種』的真面目？」

「喔喔～」釋天拍了拍手。

針對「毫無前兆就發生的生命體（Energy）」這特徵去探討，可以得知「純血龍種」是從無到有並自主誕生的生命體；至於不需要觀測者這一點，則代表「純血龍種」是和世界之因果完全分離的存在。既然「純血龍種」可以透過自我觀測來確立其存在，意思是力量不會有所損失，因此能夠永遠存在，也能夠一直持續膨脹。

因此「純血龍種」確實是夠格被稱為「最強種」的物種。要說有什麼地方比不上星靈，雙方最大的差異是星靈在誕生時已成為完全體，「純血龍種」卻必須從幼體開始成長。

剛剛才來到起居室的鈴華和黑兔頭上都冒出大量問號，各自找了個位置坐下。

「唔唔唔……我想說你們好像在討論什麼嚴肅的事情，結果兄弟(Brother)又發表了一連串意義不明的詞語。你可以用鈴華小姐我也能理解的方式說明一下嗎，兄弟？」

「我晚一點再跟妳解釋，姊妹(Sister)——我說釋天，關於形成靈格的『依存於時間流的存在概率』和『存在密度』……假使到此為止的討論都沒錯，那麼應該有好幾個可以簡單進行分類的方法吧？」

「這話的意思是？」

「我是指解讀『主辦者權限』的方法。明明力量的起源和神祕之力有關，方法本身卻必須排除神祕才能繼續分析破解。我想這大概代表至少有『神明可以干涉or存在的世界』和『神明沒有插手干涉的世界』這兩種世界？」

「嗯，這種解釋**幾乎**沒有錯。」

「換句話說，神明在這種情況下的存在概率剩下二分之一……所以在箱庭裡，應該不管怎麼努力也**只能保有百分之五十的靈格**吧？」

「你……你說什麼！」

黑兔倒豎著兔耳大吃一驚，她恐怕是第一次聽說這種理論。

意思是只要沒有箱庭的制約就能保有全知全能之力的諸位大神們，其實目前只能行使一半的力量嗎？

釋天沒有否認，而是明確地點了點頭。

「沒錯，人類原典候補者的使命就是要持有那個連結用的楔釘。」

「『主辦者權限』之所以是最強的強制執行權，肯定是因為其根源來自於『能夠讓存在概率將近一〇〇％』的儀式。這是為了讓人類在神靈不存在的狀況下依舊可以觀測神靈，並且還能把世界最後到達的結果全都定義為相同的儀式。靠著這個方法，雖然僅限於在『主辦者權限』的書面上，就能讓神靈的存在概率在所有宇宙都變成百分之一百。」

「原……原來如此……！人家也上了一課！」

唰！黑兔伸直兔耳，認真地做起筆記。

西鄉焰把筆轉來轉去，臉上表情充滿得意。

神靈和其他存在以災害和天體定律作為基礎去創造出「主辦者權限」的目的，一方面是為了讓普遍的現象成為連結用的楔釘，同時也是因為那些災害和天體定律比較便於作為神之化身。

例如「雷電」經常被視為神力的一種，可以算是最典型的例子。（註：「雷」在日文中也可以寫成「神鳴り」）

至於焰所說的「讓存在概率將近一〇〇％」，是內宇宙與外宇宙合而為一後才能夠到達的終極境界。所謂的「解放靈格」就是指那種狀況。

「找釋天打聽果然是對的，我慢慢可以隱約看出這個箱庭世界的輪廓了。而且聽完這些事情，對釋天的身分總算也有了實際的體認……釋天你真的是帝釋天呢。」

「很抱歉我一直瞞著你們，但那是必要的行動。」

「我沒生氣，反而覺得佩服，而且也可以接受這件事……嗯，釋天是帝釋天真的太好了。」

不知道為什麼，焰滿心感慨地連連點頭。

量子力學是他擅長的領域。

能活用自己擅長的領域去解開箱庭之謎，想必讓焰感到很開心。

「這樣一來……有幾個能力會成為原典候補者的必要條件。」

「有哪些能力呢？」黑兔開口發問。

「一、存在概率是一〇〇%。

二、擁有從時間流的外側干涉過去、現在、未來的力量。

三、能以某種形式對世界產生極高的影響力。

──總之大概是這三點吧。一和三是必須的能力，不過二有可能並非必要所以只是暫定……很好很好，假設這種推論沒錯，能拯救世界的方法就不只一種了。這部分也要詳細調查考慮才行。」

釋天雙手環胸，發出佩服的感嘆聲。

其實從這個觀點來避免人類滅亡的方法已經被討論過很多次了。

諸神議論過後，最後得出的結論是：「找出讓人類自行解決的辦法，並且將那個方程式投影到所有世界」是唯一可行的方式。

（所謂的命運，是根據世界的負載容量來訂出的主流趨勢。在神靈存在概率較低的世界裡，之所以無法同時存在三個以上的神靈，是因為這種強大存在有可能導致命運的容量改變，結果將引發原本不該出現的天災地變。）

而且焰的推測中有一個錯誤。

他提到「神明沒有插手干涉的世界」，然而對於神靈來說，正確的說法並不是「沒有插手干涉的世界」，而是「即使干涉也沒有意義的世界」。講得簡潔一點，就是諸神行使力量帶來奇蹟後，過剩的力量會造成問題死灰復燃，很可能無論怎麼做都會演變成相同結果的那種世界。

就算神靈真的能完美分配力量並成功拯救世界，充其量也只是在無限的平行世界中拯救了其中一個而已。

如果想要拯救箱庭觀測的所有世界和**刻意**不去觀測的所有世界，必須由人類自己去引導出在整體人類去拯救整體人類時所不可或缺的命運容量。

但是為了改變命運的容量，絕對需要能讓靈魂的熱量從內宇宙解放至外宇宙的力量——也就是智慧生命體所擁有的奇蹟之力。

而那些為了激發靈魂熱量而出現的考驗，正是「絕對惡」和「天動說」——被稱為「人類最終考驗・Last Embryo」的魔王們。

（……不過白夜王那邊與其說是考驗，還不如說是為了箱庭而要求「暫停」而已。所以其他人的意見也就算了，萬一白夜王有異議的話可不能不予理會。）

無論從哪個觀點來看，神靈的干涉到最後都沒有任何意義。

然而焰卻宣稱有可以靠神靈來解決問題的辦法。他所謂的辦法想必是以前已經檢驗探討過的方法，不過普通人類的意見仍舊讓釋天很感興趣。

「你這話很有意思。除了由你們兄弟去拯救世界以外，還有其他什麼方法？」

「這還是祕密。我反而想先問你幾個問題……你剛剛提到了織田信長這個例子，這件事有告訴十六哥嗎？」

焰用筆尖指著筆記本上關於織田信長的部分。

這是釋天把兩年前跟十六夜一起泡溫泉時討論過的話題直接搬過來作為範例。

「嗯，內容也幾乎一模一樣。」

「所以十六哥也知道這件事……」

「那當然，因為這例子是在解釋每一個織田信長都從歷史上消失是一個歷史的匯聚點……」

「噢，那方面不重要。我想知道的是……你說『被召喚到箱庭的織田信長都是不同的存在』，那麼他們之間**到底有多少不同**？」

釋天露出有點驚訝的表情。無法理解這個問題有何意義的他歪了歪腦袋，同時開口回答焰的提問。

「你問我有多少不同……我也只能說他們就是不同的個體。擁有不同的長相，不同的體型，總之是完全不同的個別存在。」

「是嗎？即使是ＤＮＡ這種層面上也各不相同？」

「那是當然。」

釋天給出肯定答案後，焰帶著似笑非笑的表情開始寫下筆記。

「原來如此原來如此，換句話說在概念上那些人就是都叫作『織田信長』這名字但來自不同世界的存在嗎？所謂『形成箱庭的基礎並不是平行世界論而是立體交叉並行世界論』其實是這麼一回事啊……嗚哇，即使只是單純計算，箱庭的世界規模也誇張到嚇人……！」

焰一邊自言自語一邊寫下數學表示式，臉上表情還顯得有點扭曲。

最後他先把答案也寫了上去，才拿起羊皮紙唸出自己的推論。

「總結來說，箱庭世界觀測的多元宇宙並非『無限存在的平行世界』，而是『無限存在的平行世界都是標準值的一個單位』。難怪箱庭能夠同時觀測的對象並不是時間流如同大河般不斷分支的一個宇宙，而是時間流正在無限分支而且本身也在持續無限發生的宇宙。既然可以對所有觀測對象同時進行多次干涉，代表從箱庭世界觀測到的宇宙說不定比粒子還小……怪不得神靈的存在概率會太低甚至會消失，畢竟不管原本是多麼強大的神明，要是分割太多次，存在概率也只會剩下一個粒子的程度，甚至更加渺小。」

焰拿著寫下自己推論的羊皮紙並露出苦笑。

由於受到各式各樣的制約，最強種的力量被削弱。為了解決一切問題的辦法，大概就是所謂的原典候補者——

「嗯～……雖然考察了這麼多，不過這部分是箱庭世界的前提，和現在的我們並沒有什麼關係。」

「是那樣嗎？都是一些人家的兔耳初次聽聞的知識，所以覺得非常有趣呢。」

「因為只要都處於箱庭這個舞台，就會成為同一規模的存在，自然沒有任何危險。況且在箱庭這個地方必須**打從一開始**就具備那樣的力量，否則一切都無從開始。總之這些都只是用來確認箱庭世界的前提與最低值的準備工作，現在還是來討論下一個項目吧。」

焰把考察到一半的資料丟到旁邊去。

只要箱庭沒有成為敵人，考察箱庭世界的規模確實只是毫無意義的行為。攤開羊皮紙的焰對其他三人招了招手，接著敲了敲神靈的部分。

「必要的情報都湊齊了，我想差不多該試著提出一些具體的想法。」

「具體的想法？」

「就是用來拯救世界的具體計畫。」

「不過真的沒問題嗎，兄弟？要在世界各地建造許多巨塔是一個相當亂來的企畫，光靠我們自己根本辦不到吧？」

鈴華帶著不安表情看向焰。

所有人都看得出來這是個艱鉅的任務。

她想把這件事交給更大的組織來處理也是理所當然的反應。

然而焰卻面色凝重地搖了搖頭，表示不能那樣做。

「不行，這次的事情必須由我們自己從零開始累積出成果，所以妳要記住不能依靠國際組織。」

「為什麼？」

「我們不是庇護了兩個白化症的女孩子嗎——把她們當成實驗材料的犯人，就是某個國際組織或國家機構。」

「你說啥？」

這瞬間鈴華發出完全走了調的聲音，就像是拒絕理解焰的發言。

她忍不住轉頭看了好幾次少女目前待在裡面睡覺的房間，才換上至今從未有過的嚴肅眼神。

「等……等一下，你說利用那孩子的是國際組織？可……可是你知道那孩子連個正常名字都沒有嗎？」

「嗯。」

「所以是某個國際組織祕密買賣白化症患者，還把他們當成實驗材料？到……到了現在這個時代，真的還有那種國家嗎？」

「不光是那樣，連製造出『天之牡牛』的犯人也很有可能是同一個國際組織。甚至講到最壞的打算，搞不好寫下整個劇本的幕後黑手其實是聯合國。」

由於過度驚訝，鈴華一時講不出話來。

然而回顧至今為止的事件，實在很難得出其他推論。

從意圖不明的「天之牡牛」事件開始，而後發生二次災害的病原菌擴散，最後是成功除去病原菌的功績。

粒子體研究一口氣打響名號，也受到全世界的矚目。

「假使所有事件的劇本都出自於同一個組織，代表對方必定擁有天文數字等級的資金與國際性的權力。所以如果世界上真的有力量如此強大的集團，那麼頭一個該懷疑的對象就是和聯合國有關係的國家或組織。」

「真……真的假的？我們有勝算嗎？」

「……我不知道。但是根據太陽主權戰爭的進展，或許我們有機會和聯合國搭上線。」

「你說的主權戰爭是指這個遊戲嗎？要在這個遊戲裡建立起關係？」

「嗯，我認為尤其是必須找出『蛇夫座(Asclepius)』的持有者，或是阿斯克勒庇俄斯本人。」

蛇夫座的阿斯克勒庇俄斯——在希臘神話中是開始推廣醫術、醫療的偉人。

不過鈴華無法理解為什麼那樣的人物和聯合國有關係。

這時焰拿出行動電話，開始翻找儲存在裡面的圖像。

「我之前在精靈列車上和女王談話時得知一件事，外界那些使用過去傳說作為旗幟的組織似乎比較容易受到箱庭的影響。如果這是真的……那麼只要得到聯合國相關機構拿來作為基調的星座主權，說不定就能發揮某種影響力。」

你們看看這個……焰對其他人展示手機。

液晶螢幕上顯示出聯合國相關機構所使用的旗幟一覽。

其中有一個以「蛇之杖」為象徵標誌的機構。

鈴華察覺焰的意思，用力拍了拍手。

「用星座作為標誌的聯合國機構……對了！是世界衛生組織！你是指ＷＨＯ吧？」

「對，ＷＨＯ的標誌『蛇之杖』據說是第十三個黃道星座，跟太陽主權也有關係！所以它的持有者很可能參加了這個遊戲！」

ＷＨＯ在聯合國中是極為重要的中樞機構之一。

這個機構達成了讓天花在地球上完全絕跡的偉業，即使綜觀整個人類的歷史，也是足以稱頌為無可比擬的功績。

如果能和這個ＷＨＯ建立起某種關係，說不定能成為推動事態的契機。

「那……那麼，要是我們可以找出擁有『蛇夫座』的人，獲得對方的協助——！」

「……那種東西，**根本沒必要去找**。」

或許是被兩人的熱烈討論吵醒，十六夜從焰的後方現身。

焰驚訝到跳了起來。

「十……十六哥！你可以起來了嗎？」

「沒問題。託首領大人的福，我好好睡了一覺。這下還得去找春日部回禮才行。」

十六夜一臉認真地說著讓人不安的發言。

一行人注意到這是他真正動怒時的態度，忍不住有點心驚膽跳。不過十六夜卻摸著被打中的心窩，一臉不爽地搖了搖頭。

「算了，實際上我真的虛弱到會被她打暈。雖然火大，但這次還是賣首領大人一個面子吧。」

（呼……）

黑兔摸了摸胸口，像是總算放心。

看到焰的筆記後，十六夜的注意力很快轉移了過去。

「哦……在我呼呼大睡的期間，你們進行了很有趣的推論嘛。我從來不曾從這種觀點來考察箱庭的世界，看起來很有意思。」

「是……是嗎？」

「嗯。只靠間接聽來的情報，難為你能推論出這麼多事情。」

十六夜看著羊皮紙上的筆記，眼神相當認真。畢竟焰的專業領域和他完全不同，十六夜想必覺得從另一種觀點看到的箱庭世界顯得很新鮮。

焰搔著腦袋，似乎很難為情地把臉轉開。

看完一半後，十六夜用手抵著下巴露出淺淺笑容。

「原來如此……所以你們才會提到世界衛生組織，確實合理。」

「嗯。看起來你的腦袋恢復靈活運作了，十六哥。」

「哎呀，我切身感受到睡眠真的很重要。多虧這一覺，現在的意識也很清醒……不過看這個情況，照你的計畫來行動應該也沒什麼問題。」

語畢，十六夜在焰的旁邊盤腿坐下。

看到他笑著伸手敲了敲羊皮紙，焰反而把臉板了起來。

「什麼啊……十六哥你自己毫無計畫嗎？」

「有是有，但是看過這些情報後，我認為這件事還是交給你籌劃會比較好。因為目的是要建造大量的環境控制塔，想辦法拯救世界，所以比較適合由一直待在故鄉努力至今的你來負責。而且你也想好計畫了吧？」

「也……也是啦，不算是沒有。可是實際內容還稱不上是個計畫，而且很多事情必須推給其他人處理……總之真的可以按照我想的計畫去執行嗎？」

「別讓我說那麼多次，這次的事態必須由你來負責才能有所進展。我能夠打倒敵人，卻沒有引導事態走向解決的能力。焔不是一直在粒子體研究的最前線拚命奮戰至今嗎？那麼你不出來帶頭怎麼行？」

十六夜的言外之意，就是要焔負責發出指示。

平常的他會自己思考並採取行動，然而這次事件的舞台跟專業都完全不同。更何況十六夜被召喚到箱庭已久，對外界的情勢已經不太熟悉。

甚至有可能因為缺少情報而犯下致命的錯誤。

想必有什麼事情是一直待在自己世界努力至今的焔才能辦到。

既然身為兄長的十六夜已經表示願意聽令並要求焔下達指示，那麼接下來全看作為弟弟的焔能拿出多少決心。

「……我明白了。這個計畫相當異想天開，你真的願意聽從我的指示？」

「我的意思就是那樣。」

「釋天也願意幫忙嗎？」

「當然願意，因為外界發生的事情和太陽主權戰爭的勝敗沒有關係。我會盡可能給予助力……那個……怎麼說，畢竟還有五億日幣的欠債。」

「笨蛋，你何必一直把玩笑當真。」

焔換上笑容，做了個深呼吸。

為了讓事態沉靜下來而付出行動的人並不只焰他們。

連異世界的居民和諸神也為了人類而費盡心思，希望能帶來什麼影響。

現在不是理應出來帶頭的焰繼續猶豫不決的時候，反而正是「西鄉焰」本人必須採取行動的時候。

「……好！那從釋天開始吧。我昨晚寫了三封信，想麻煩你幫忙送到等一下會說明的三個人手上。」

「信？」

「沒錯。想要打破現狀，絕對少不了這三人的力量。如果這些人願意提供協助，基本上可以說勝利條件已經將近達成……反過來說，萬一他們不肯幫忙，我們絕對不可能拯救世界。所以要是一開始就搞砸那可不是開玩笑的，麻煩你小心保管這些信。」

釋天收下在現代顯得很不一般的「信件」──三個羊皮紙捲軸。這是因為能用來寫信的工具只有羊皮紙，焰也覺得很無奈。

之所以把這些信委託給釋天，大概是因為焰判斷身為神王的他可以往來外界。

況且假使那些人真的是那麼重要的人物，將來也必須安排護衛。

這時十六夜插嘴提問，臉上充滿好奇。

「沒想到有人能讓你如此信賴，是哪裡的大人物？」

「不，我信賴的只有其中一人，其他兩人連見都沒見過。」

「喂，你居然要我把信送去給那樣的人？」

「我等一下再解釋——那麼關於第一個人，對方是釋天也認識的財經界人士。」

十六夜和焰都看向釋天，釋天也雙手抱胸開始思考。

「我認識的財經界重要人物……嗯？該不會是Everything Company的會長吧？」

「沒錯。會長是彩鳥的父親，也是長期推動粒子體研究的人物，更是願意積極看待環境控制塔計畫的少數財經界人士之一。而且他應該可以成為和其他重要人物之間的牽線人，因此無論如何都必須保護好他的安全。」

這個人跟西鄉焰一樣，當初要是少了他們，星辰粒子體的相關研發根本不會開始。因此會長無疑是掌握計畫關鍵的最重要人物之一。

當然也是無可替代的存在。

「不過……雖然只有間接證據，但會長是叛徒的可能性並不低。至少情報確實是從Everything Company洩漏出去的。所以我希望你在他身邊安排一個能夠保護安全還能同時進行調查的護衛。」

「好，那麼我就派出十二天中最值得信賴的男子去擔任他的護衛吧。那個人本來要參加太陽主權戰爭，卻因為各種原因而不得不棄權。只要有那傢伙在，除非碰上什麼特別狀況，否則都不會有問題。」

釋天重重點頭回應。

能讓身為神王的他形容成「最值得信賴」，這可不是尋常的事。
那個十二天成員想必確實夠格擔任最重要人物的護衛。
十六夜也沒有提出異議，而是用手抵著下巴，對焰的意見表示贊同。
「推進環境控制塔計畫的人物嗎——沒錯，一開始當然要先掌握這個人。以我的見解來說，也認為必須保住『計畫的推進者』、『計畫的財源』以及『世界最高峰的權威』這三者。」
「……權威？拯救世界需要權威嗎？」
旁邊的黑兔不解地歪了歪腦袋。
十六夜揮了揮手，發出呀哈哈笑聲。
「妳太天真了，黑兔。要知道權威這種東西碰上任何狀況都很有用，不管是要租借建設用的土地、募集資金，或是必須舉出某種正當理由時……只要擁有權威，這些事情全都有很大機會能夠解決。是這樣吧，焰？」
「嗯。而且我們的最終目標是要把粒子體散布到全世界的每一個角落，想也知道絕對會有人基於對人體的影響與宗教上的理由來發起激烈的反對運動。為了避免讓那些人感到不安，為了讓多一點人接受粒子體，我認為確實需要巨大的權威作為後盾。」
聽完焰的說明，鈴華也敲著手掌點了點頭。
「對喔……畢竟對大部分的人來說，粒子體是一種『不知究理的物質』，願意認真去了解粒子體的人想必是壓倒性的少數。所以如果想讓一般民眾相信粒子體是安全的東西，必須由哪個大人物出來掛保證。」

「原……原來如此……！就像箱庭裡有主神或星靈之類的大人物出面保證安全時，居民就能放心地面對一些狀況！其實是同樣的道理呢！」

「沒錯……話雖如此，講到權威和影響力符合我們要求的人物，看遍全世界就只有一個人，即使降低標準也頂多是三個人。」

黑兔和鈴華忍不住看了看彼此。

因為十六夜這句話的意思代表實際上只有一個人選。

也就是他心中對於「世界最高峰的權威」已經有了答案。

焰大概也得出了同樣的答案，臉上露出有點緊張的表情。

「我們的看法似乎一致呢，十六哥。」

「應該說正常推論下來只有一個人符合。」

「是……是誰？鈴華小姐我也知道的人？」

「妳知道妳知道，甚至還在電視裡看過。因為那個人超級超級有名，連日本人都有九成聽過他的名字……我們來到箱庭前，鈴華妳不是一直拿著拉丁文辭典研究某個網站嗎？網站的首頁就放著那個人物。」

聽了這些話，鈴華把手放在下巴上，開始翻找自己的記憶。

講到她之前努力翻譯的拉丁文，應該是關於梵蒂岡宗座檔案館的資料。（註：原譯為「機密檔案館」，於二〇一九年十月已改名為「宗座檔案館」）

至於梵蒂岡宗座檔案館網站首頁目前提及的人物——

「——……咦？呃？等……等一下！難道你們說的世界最高峰權威——是……是指梵蒂岡的教宗嗎？」

「什麼！」

連黑兔也驚訝得豎直兔耳。

然而關於這件事，若有其他人在場，恐怕也會出現相同的反應。

鈴華跟黑兔完全沒想到所謂「世界最高峰的權威」並不是比喻也不是委婉的代稱，而是最直接的意思。

講到能和梵蒂岡教宗相匹敵的權威，大概只剩下各國的王室或皇室。

他確實是世界上少數擁有最高權威的人物之一。

「正確答案，鈴華。看來是我給出太多提示了。」

「不不不不，我說你是認真的嗎，兄弟？雖然我從以前到現在已經聽你說過很多亂七八糟的事情，但這種話可不是開玩笑的！」

「我是認真的。畢竟從現實層面考量，沒有教宗的協助根本無法解決這個問題。而且之所以沒有考慮王室或皇室人員而是選擇教宗也另有原因，並不是隨便想到的人選。」

焰從恩賜卡裡拿出一張世界地圖，開始寫上各國的人口數。

「聽完箱庭的說明後，我有一個疑問。所謂升格為神靈所需的功績，是指『一定數量以上的信仰』吧？」

「這件事有什麼問題嗎？」

「可是箱庭認為的『世界最大宗教』是基督……」

「嗯？」

「啊……抱歉。」

焰咳了一聲，準備重來一次。

「總之，箱庭裡認為的『世界最大宗教』應該是基〇教吧？」

「？這有哪裡不對嗎？」

「雖然沒有哪裡不對，卻會讓人無法理解這究竟是根據何種基準？假設『世界最大宗教』＝人口數，應該有其他宗教的信徒人數比基〇教還多吧？」

「是……是那樣嗎？」

焰口中的基〇教是指羅馬天主教會。

儘管日本經常把「Protestantism 教」和奉教宗為領袖的「羅馬天主教會（Catholic Church）」混為一談，然而以全世界來說，雙方基本上會被視為不同的宗教組織。

Protestantism 教在某些情況下會被稱為新教。

如果把羅馬天主教會和新教視為不同的宗教，那麼信徒人數就會退居第二名。

「所以我產生一個想法……該不會箱庭認為的『世界最大宗教』並不是基於人口數，而是以『對世界的影響力』來作為條件呢？」

「哦……」十六夜和釋天都對這個理論很感興趣。

「這可是新的理論，神王大人怎麼看？」

「嗯……其實我以前也研究過這種理論。雖說『神靈的力量源自於信仰』已成定論，但是如果根據邏輯來分析箱庭這個地方，會發現比起依賴信仰和敬畏，其實另有一個方法能獲得更有效率又巨大的力量。」

神靈獲得力量的方法大致可以區分為兩個歷程。

如果根據邏輯來分析，大概是按照以下的順序：

①信徒增加&成為受到敬畏的對象＝信仰增加＝作為神靈成立。

②信徒增加＝**對世界的影響力變得巨大**＝發生巨大的「歷史轉換期」＝由於神話性質的宗教觀直接被作為人類轉換期的一部分並融入世界，造成存在概率急劇上升。

「沒錯——神靈擁有的最大力量來源並不是信仰，而是這個『歷史轉換期』。」

透過立體交叉並行世界論而獲得印證，連繫起不同宇宙之境界的匯聚點。此處存在著巨大到根本無法想像的力量漩渦。和歷史轉換期是否曾有過關聯，恐怕就是神靈的強弱分界線。

「此外，只要擁有巨大的世界影響力，甚至可以製造出人為的『歷史轉換期』。例如基〇教在歷史上就出現過好幾次成功的案例。」

「所以基〇教才會如此強大嗎？畢竟那些傢伙的影響力真的很驚人，歷代的教宗只要說一句話就能製造出導致國家前途衰敗的匯聚點。沒有其他神話、宗教擁有如此強大的力量。因此毫無疑問，羅馬天主教會確實是所有神話中具備最大力量的神群。」

而且就算是在現代，教宗的影響力也無法估算。

要是能請教宗出面保證「粒子體並沒有違背神的教誨」，也能提出支持這種理論的根據，屆時西方諸國想必會大舉贊同環境控制塔的建設。

「根據這種理論……黑天和阿周那應該也能夠發揮出類似的影響力。如果真有辦法實現，我希望可以爭取到他們兩人的協助。信徒人口在世界上也是數一數二的印度教、佛教方面的力量絕對不該放過。如果特別受到信徒支持的他們願意幫忙，說不定會有什麼辦法可以讓信徒站起來對抗人類目前面對的的這個絕境。」

「所以你直到最後都還在尋求能讓他成為同伴的方法嗎……」

昨天──和黑天對話時，西鄉焰曾經這麼說過：

「我們需要救世主『黑天』的名號」。

那句話的意思，是希望黑天可以為了推動世界前進而化為印度教的指導者降臨現代。

「關於說服黑天這件事，我還沒有放棄。既然他和我們都挑戰一樣的難題，擔憂相同的未來，那麼雙方應該能成為同志。只要能提出徹底解決問題的對策，他肯定願意配合我們的方法。」

焰握緊拳頭，彷彿想說服自己。

然而聽到這個提案，所有人都面有難色。

尤其是和自稱黑天的那個青年交手過數次的十六夜更是面無表情。

無論用什麼話語去說服……那個男人想必還是不會停手。

黑天說過他擁有的權能之一是預視未來的能力。

雖然傳說中記載黑天不僅能預見未來，更是能夠看穿過去、現在、未來的救世主，不過身為化身的青年或許只被賦予了預視未來的能力。

（…………）

黑天被視為救世主思想的起源。

即使在箱庭，肯定也是夠格名列二位數的強者。

從黑天手上獲得未來預視能力的這個青年，面對試圖提議其他方案的十六夜等人時曾如此宣告：

「——**那樣的未來並不存在**」。

（……想想這可是個嚴重的問題。換句話說我們必須去做的事情，就是要**自行爭取到連未來預視能力也沒能預測到的未來**。）

既然使用未來預視能力也看不到那樣的未來，代表實現的可能性為零。

並不是多次從錯誤中學習，最後就能找到解決辦法的困境。

十六夜並不認為黑天會願意配合這種危險的挑戰。

他只能帶著苦笑搖了搖頭。

「黑天的事情大概只能看你今後的努力。

——總之我們繼續討論原本的話題吧，第三個人是誰？計畫的資金來源並不需要限定在一個人身上，不過你應該有無論如何都想拉攏的人選吧？」

「嗯。如果能成功說服第三個人協助我們，那麼靠著連鎖關係，要獲得教宗協助或許不是那麼困難的事情。」

這下連十六夜也感到驚訝。

因為他還沒有推測出第三個人的詳細條件。

畢竟有意投資永動機的人多到數也數不清。

十六夜原本打算和焰進行討論，從中選擇可以信賴的對象。

然而焰不但已有頭緒，而且還發現對方也能成為和教宗之間的牽線人。

「你還真有自信。要知道教宗可不是隨隨便便就能見到的人物，要是真能見面，甚至連我也覺得必須裝得老實一點才行。」

「那些我都知道。只是那個人物很有可能本身就和教宗有某種關係，所以我才想推薦。」

看樣子焰並不是隨便說說。

十六夜換上正經表情把身體往前探，觀察焰的眼神裡帶著懷疑。

「……你是認真的？私下見面跟公眾場合的拜見可不一樣。事到如今我就老實說吧，教宗可是拜託金絲雀也沒能見到的人物喔。」

「咦？真的假的？」

焰不由自主地表現出訝異反應，黑兔和鈴華的態度也差不多。

不過他最後還是搖了搖頭咳了一聲。

「總……總之，要說是不是絕對沒問題，老實說我也有點不安……可是只要能拉攏第三個人，而且也只是想見到教宗的話，應該九成九可以成功。」

假設真的有見到教宗的辦法，那麼提出協力申請之前的步驟並不是那麼困難。接下來要做的事情也只剩下想出足以獲得對方信賴的手段。

十六夜雖然滿臉懷疑，卻還記得是自己說過願意聽從指示。因此他改變想法，決定就算焰的計畫失敗也只要自己出手幫忙就好，於是催促著焰繼續說明下去。

「那麼關於最後一個人——也就是能成為『計畫財源』的出資者。對方不能只是普通的有錢人，也絕對不能是黑幫的相關人士。」

「什麼啊，那華人黑幫之類也不行嗎？我倒是認識一個華僑圈子裡的大人物……」

焰把剛喝進嘴裡的茶又噴了出來。

「十六哥你是笨蛋嗎！想也知道不行啊！環境控制塔對外的定位是第三類永動機！要是允許黑手黨和黑道之類的反社會勢力出資，那些傢伙就會拿到能源的相關權益！如果放任那種人插手關係到人類全體的事業，等於是埋下將來的禍根！」

「喔喔，那樣當然不行。既然牽扯到能源相關權益，意思是我們必須尋求可以信賴的人物擔任大股東才妥當吧？」

「那還用說嗎……不過黑幫是另一回事，我也想跟華僑裡的大人物建立起關係。你晚一點再跟我聊聊這件事。」

接著焰又清清嗓子，把對話拉回正題。

「所以這個出資者的條件，首先必須是除了Everything Company之外也能同時支援出資、研究、開發這三方面的大財主，還要足以信賴，最後必須擁有可以聯絡教宗的人脈。」

「嗚哇，真是個超級好用的人！」

「真……真的有那樣的人物嗎？」

就算真有那樣的人物，焰又是什麼時候撥空從哪裡取得了相關的情報？

這時焰拿出行動電話，打開電子郵件信箱。

「我應該跟釋天還有十六哥說過，由於解決了病原菌，冒出一大堆想成為粒子體出資者的人。其中有一家叫作『Figure out』的**虛構公司**，把企畫書連同這個標誌一起寄了過來。」

十六夜等人都探頭看向手機的液晶螢幕。

螢幕中央顯示出一張由「王冠」、「兩把鑰匙」以及「三個圓形」所組成的象徵標誌。

沒想到第一個看懂這標誌的人是鈴華。

「王冠和兩把鑰匙？這個象徵標誌是不是麥第奇家族（Casa de' Medici）的家徽？」

「妳是說……麥第奇家族嗎？」

「嗯，麥第奇家族是活躍於文藝復興時期的超級大富豪，也是贊助了許多著名藝術家的投資者。他們資助過李奧納多．達文西和米開朗基羅，是創造出藝術與學術時代的一族。暑假前的期末考裡也有出現相關的考題。」

「不愧是學生會長，全校第二名果然不簡單。」

「哈哈哈！聽到全校第一名講這種話真讓人火大！」

鈴華雖然笑著，臉上卻冒出青筋。

麥第奇家族——成就藝術的時代，文藝復興時期的名門望族。

他們是人類歷史上數一數二的大富豪，運用了萬貫家財來支援各式各樣的文化發展，在這方面有極大的貢獻。也是透過將失落的傳說、神話融入藝術與文學，藉此復興文明的一族。

許多文學作品都以麥第奇家族本身作為原型，比較有名的例子是《基度山恩仇記》主角尋得的寶藏，就被認為有可能是參考了麥第奇家族的祕密財產。

憑著這富可敵國的財力，據說麥第奇家族最後獲得了可以和歐洲諸國相並肩的國際影響力。至於眼前的標誌，就是那個傳奇富豪的家徽。

而送來這個家徽的寄件者，卻是一間虛構的公司。

這種狀況當然會讓人懷疑兩者之間有某種關聯，問題是麥第奇家族如今——

「你先等一下，焰。抱歉打斷你的發言，不過麥第奇家族不是後繼無人，在十八世紀就已經家脈斷絕了嗎？」

「學校的課本上也寫著同樣內容，但財經界人士和政界人士似乎有不同情報。這是從彩鳥她父親那邊聽來的故事——」

身為傳奇富豪的麥第奇家族延續了長達數百年的歷史。

他們在漫長歷史中曾經多次參與文明發展，然而隨著人類文明的進步，過於龐大的財產與存在卻慢慢被視為威脅。

經過無數次的犯錯與修正後，一族得出的答案是——讓整個麥第奇家族從舞台上消失，至於倖存下來的後裔則躲在幕後干涉世界。

「所以後來，麥第奇家族的成員隱姓埋名，只在人類歷史進入轉折點（Turning Point）時才會出現。據說當阿佛烈·諾貝爾、湯瑪斯·愛迪生、尼古拉·特斯拉和阿爾伯特·愛因斯坦等天才發明家現世時，他們也曾暗中支持那些人。」

「哦……！聽起來真是厲害，所以這封郵件就代表……持續支援文明開拓者的幕後英雄這

次有意對你提供協助嗎？」

「應該是那樣沒錯，而且如果寄件者是真正的麥第奇家族，拜會教宗的計畫也會變得容易許多。」

「……咦？」

「話……話題怎麼轉這麼快？剛剛的事情為什麼會牽扯到教宗？」

鈴華和黑兔都冒出問號。

十六夜卻看出了端倪。

他咧嘴一笑，指著王冠和兩把鑰匙開始解釋因果關係。

「對了……王冠和兩把鑰匙！這兩個圖案是麥第奇家族的家徽，同時也是**梵蒂岡城國的國徽**！」

「咦——！」

「不僅如此！過去有好幾位教宗出身於麥第奇家族，當時修正的牧徽使用了麥第奇家族的『王冠和兩把鑰匙』的圖案！既然梵蒂岡目前仍舊使用這些圖案，代表麥第奇家族和羅馬教廷的關聯並未消失！」

這頂王冠和兩把鑰匙都各有正式名稱。

王冠被稱為三重冕或教宗冕，過去會在教宗的加冕典禮時使用。

三重冕的三層構造是上帝創造的世界之縮圖，也象徵教宗的權威。

至於鑰匙則被稱為「聖彼得之鑰（伯多祿）」，代表用來開啟通往天上之國、地上之國以及陰間之國的門扉時必須使用的兩把鑰匙。比較有名的相關傳說，就是傑克南瓜燈（Jack o' Lantern）被負責掌管生死境界的聖彼得制裁的故事。

這兩把鑰匙正是「能打開世界境界」的傳說之鑰，即使在箱庭中也極為稀少。

而且鑰匙所蘊藏的召喚能力和黃金女王「萬聖節女王」擁有的權能不相上下，其中一把據說寄放在最年幼的藍星之庶子手上。

「至於最關鍵的一點，就是寄來企畫書的那個虛構公司叫作『Figure out』。如果按照字面來解釋，對方想傳達給我的訊息就是——」

——把我們……「找出來（Figure out）」——

說明完所有關鍵字後……小屋內陷入一片寂靜。

沒有任何人對他的考察提出異議。

只要利用麥第奇家族主動接觸焰的這個狀況，不管是如何取得教宗協助的問題，還是需要莫大資金的問題，全都可以迎刃而解。

甚至有機會在不到一年的時間內，就打好環境控制塔計畫的基礎。

儘管一切都還是紙上談兵，不過要作為今後的基本方針，這幾乎算是最理想的計畫。

「好……好厲害啊！真的好厲害，兄弟！聽你說明時我還認為絕對不可能成功，但是看現在這樣，說不定真的可以達成目的！」

「是……是啊，只是還無法確定麥第奇家族是不是真正能信賴的伙伴。」

「就算是那樣，這個計畫的基礎還是打得不錯。沒想到你籌劃得比我想像中還仔細牢靠嘛，如此一來立刻開始行動也沒問題。」

十六夜發出呀哈哈笑聲，伸手抓住焰的腦袋。

焰不高興地拍掉他的手，故意清了清嗓子。

「要是麥第奇家族和教宗真的願意支持我們的事業，情勢將會一口氣倒向我們。等到我們開始擁有國際性的影響力，其他組織想必就不需要繼續在背地裡偷偷行動。」

「在那之前，我們要先找到『蛇夫座』的持有者才行！」

「沒錯，那就是我們在亞特蘭提斯大陸上該做的第一件事情。妳要鼓起幹勁，姊妹！」

焰和鈴華都燃起使命感。

黑兔和釋天則是以難以言喻的表情看著十六夜。

十六夜聳了聳肩，露出不安好心的笑容。

「是啊，只要能得到『蛇夫座』，ＷＨＯ肯定會採取什麼行動。到時候說不定可以看清敵方組織的全貌。」

「對！畢竟目的同樣都是為了建設環境控制塔，所以彼此對立的理由將會消失！和聯合國也能團結一致！到最後所有人類應該都會為了解決問題而盡心盡力！」

焰舉起右手，很激動地如此說道。

雖然講到最後已經有點一廂情願，然而這件事終究還是需要所有人類的配合。

因為必須盡可能讓人類冷靜鎮定地接受無論如何都必須建設環境控制塔的緣由。

之所以必須拉攏教宗加入計畫，就是為了作為因應這部分的對策。

「距離第一戰結束的期限還有一星期以上，我希望釋天你能在這段期間內把信件轉交給那三個人……你知道正確順序吧？」

「嗯，首先是 Everything Company 的會長。」

「如果辦得到，麻煩你在我們回去之前先調查一下麥第奇家族。至於給教宗的信件希望你能先代為保管，萬一有機會透過工作或委託接觸對方……就看看能不能給出去。」

「這事當然可以幫忙……話說我差不多要帶著黑天回精靈列車了，十六夜那邊還有沒有什麼事？」

釋天站了起來，把視線移到十六夜身上。

十六夜思考了一會兒，拿出在外界購買的最新型手機。

「我記得焰他們都用智慧型手機互相聯絡吧？能不能讓我的行動電話也可以打通？如果有可能，我想逐一知道外界的所有狀況。」

「那不是我的管轄範圍。想要在箱庭使用手機，大概只能仰賴女王的力量。你們的

『代理人權限（Guest Master）』還有剩嗎？」

聽到釋天的提問，焰稍微歪了歪頭。

「你說的代理人權限，是指那個能借用出資者力量的權利嗎？」

「原來叫作那種名稱啊。」

「YES！那是可以在遊戲中獲得出資者支援的特權！**在所有遊戲中**，最多能夠使用五次！」

「焰已經用過一次了，所以剩下四次……你打算怎麼辦？」

「唔……能聯絡在外界或遠方的同伴，應該算是很大的好處吧？而且我也很介意彩鳥她們那邊的狀況。」

身上帶著行動電話的人包括十六夜、焰、鈴華和彩鳥等四人。

既然以後可以隨時聯絡報告狀況，那麼為了確認彼此的安危，耗掉一次權限或許是一種可行的選擇。

「……也對，為了今後著想，還是先讓大家有個聯絡手段吧。」

焰拿出契約文件。

接著使用了女王的代理人權限，聯絡上彩鳥等人。

＊

——在同一時刻。

負責接聽電話的彩鳥察覺目前的狀況，神情透露出緊張神色。

「那麼……意思是那位女性有可能是羅馬教廷派來的參賽者，也有可能是麥第奇家族的成員？」

「就是那樣沒錯。沒想到對方已經直接派人參加主權戰爭，這真是個盲點。也就是說除了我們幾個，很可能還有其他召喚者也是來自於同一時代。」

這種狀況要說是理所當然倒也確實沒錯。

不過能在這個階段就遇上疑似目標的人物，或許反而算是運氣很好。

「我知道了。只要一找到對方，我會立刻試著與他們接觸。」

「麻煩妳啦。畢竟對方並不是可以隨便去打擾的人物，只能靠 Everything Company 的千金了。」

「這我明白，也會盡力讓事情能夠順利發展——對了，趁著這次聯絡的機會，能不能請你幫忙確認我們獲得的石碑複本呢？」

「可以啊，我正想瞧瞧。」十六夜笑著回應。

由於複本的數量很多，覺得用圖檔比較方便的彩鳥動作俐落地把副本拍成照片傳送出去。

飛鳥原本滿心好奇地看著彩鳥的行動，卻又覺得輕率開口借用私人物品實在太沒禮貌，最後還是退開一步。

彩鳥雖然注意到她的行動……還是決定當作沒看到。

「我傳過去了，圖檔的解析度沒問題嗎？」

「沒問題沒問題，我來看看石碑上到底寫了什麼。」

然而——就在十六夜打算仔細閱讀石碑內容的那瞬間。

他們借住的房子突然開始搖晃，餐具也發出鏗鏗鏘鏘的聲響。

「……地震？」

晃動的幅度逐漸增強，變得越來越激烈。

鈴華立刻離開起居室，衝進房間裡抱起白化症少女，做好隨時可以逃到外面的準備。持續變強的地震已經猛烈到房子可能會因此倒塌。

「好……好大的地震！你們那邊沒事嗎？」

「跟妳們差不多！我先掛掉電話了！」

現在完全不是繼續通話的時候。

由於迷宮開始崩塌，彩鳥等人必須立刻做出判斷。

「怎麼辦？我們要繼續前進，還是逃到外面？」

「我不能丟下春日部小姐！而且我有梅爾，即使遇上最糟的情況也有辦法應付！所以我要繼續前進！但是要麻煩上杉小姐先回到地上確保退路！」

「好，那妳們快點衝向樓梯吧！」

「別……別丟下咱啊！咱已經受夠了被活埋！」

上杉女士扛起申公豹跑向出口，白額虎也緊跟在她後面。

另一方面，地上的十六夜等人也開始行動。

他們借住的屋子發出嘎吱聲響，似乎隨時會被震垮。鈴華判斷再這樣下去恐怕會來不及逃走，於是使出空間跳躍，抱著白化症少女來到屋外。

焰也逃了出來，還神色緊張地對著十六夜大叫。

「不好了……！十六哥！你快點趕去安置持斧羅摩小姐的小屋！」

「啥？你說的小屋在哪！」

「在最靠近聚落入口的地方！我聽到那邊傳來房屋倒塌的聲音！你趕快去吧！」

在十六夜衝出去的同時，足以震撼天地的猛烈爆炸聲響徹周遭。

原來是以聳立於遠方的巨大火山為中心——發生了會讓人嚇到無法動彈的大噴發。

火山噴出的濃煙轉眼間就直達天際染黑天空，連陽光都遭到擴散的濃煙遮擋。這幅情景確實能夠被比喻為星之呼吸。巨大的力量奔流讓距離火山有幾百公里之遙的這個聚落也遭到燃燒落石的襲擊。

十六夜發現有一顆燃燒的落石直接打中持斧羅摩休息的小屋，憤怒地踢開瓦礫。

「可惡！妳沒事吧，持斧羅摩！」

「——……嗚……」

在瓦礫堆中找到失去意識的持斧羅摩後，十六夜有點焦躁。雖說她的外表看起來沒什麼外傷，但原本就處於虛弱狀態。

再加上失控的粒子體被暫時抑制住後，終日昏睡的持斧羅摩都沒有好好吃飯，剛才的落石很可能導致狀況更加惡化。

「喂！妳怎麼樣了？到底是真的昏倒還是在睡覺啊！」

「……呼嚕。」

「這聲呼嚕是用說的吧，妳根本已經醒了！」

十六夜敲了一下持斧羅摩的腦袋。

他原本就因為毫無外傷而有點起疑，沒想到對方真的是在裝睡，再怎麼厚臉皮也該有點分寸。持斧羅摩撥了一下頭髮，似乎很難受地冒著冷汗站了起來。

「抱歉啊，小童，老身確實昏倒了一陣子。」

「那醒了就該老實回話啊，下次再這樣我就把妳直接丟進海裡。」

「嗯，老身會妥善處理。現在倒是有個問題——關於那邊的異形，小童你知道些什麼嗎？」

「啥？」十六夜抬起視線。

還在冒煙的落石就像是蛋殼破裂那般改變了外型，並且出現一隻紅黑色的怪物。怪物睜開額頭上的獨眼，專心地吃起手邊的瓦礫。

原本細瘦的身軀轉眼間就吸收質量開始不斷增大，最後巨大到恐怕是十六夜的五倍。

一開始看起來像是泥塑的人偶，但是紅黑色皮膚底下很快出現血流，獨眼裡也透出些微知性。

只有一隻眼睛的巨人——十六夜隨即看穿怪物的身分。

「……嗯？這玩意兒應該是獨眼巨人（Cyclops）吧？」

「哦，這就是希臘的巨人族嗎？看起來比老身知道的巨人族還多具備了點理性。」

持斧羅摩把手抵在下巴上，露出感到好奇的表情。

雖然世界各地都有巨人族的傳說，但他們的生態在不同的神話中卻有很大差異。對於沉眠許久的持斧羅摩來說，巨人族肯定是很稀奇的東西。

十六夜他們這邊的態度平靜得像是會走過去打起招呼，和兩人對峙的獨眼巨人可不一樣。

怪物齜牙咧嘴地瞪著他們，凶猛地發出駭人的吼叫聲。

「嘎吼吼吼吼吼吼吼吼吼吼吼吼——！」

巨人的獨眼發出灼熱的射線。這邪惡的視線毫不留情地燒燬了位於前方直線上的所有物體，製造出火柱並讓聚落陷入火海。

宛如死神在揮舞鐮刀，獨眼巨人朝著四面八方發出灼熱射線，十六夜和持斧羅摩卻毫不畏懼。

十六夜露出比巨人族更凶猛的笑容。

「哼——有什麼好囂張！」

在灼熱射線捕捉到兩人的那一瞬間——十六夜隨便揮動右手把射線給打了回去，接著只靠拳風就擊潰了巨人的獨眼。

眼睛被打爛的獨眼巨人發出淒厲的慘叫聲，發狂似的開始暴動。

十六夜原本準備發動追擊，卻因為右手傳來一陣熱辣辣的疼痛而停下腳步。

仔細一看，剛剛彈開射線的右手燒焦成紅黑色，受到了絕不算輕的傷勢。

（嘖……雖說我還沒恢復正常狀態，不過敵人的攻擊還挺有殺傷力嘛。）

十六夜修正評價，判斷對方是不可大意的敵人。

失去眼睛的獨眼巨人繼續大肆破壞。

巨大的拳頭打向持斧羅摩，她卻若無其事地揮動染血戰斧，砍斷了巨人的手臂。若是巨人沒有主動攻擊，持斧羅摩本來有意放過敵人一馬；不過既然對方已經出手，她自然也不會手下留情。

面對發狂的獨眼巨人，持斧羅摩瞬間切斷他的手腳，最後帶著沒有任何感慨的表情砍下首級。

失去腦袋的巨人一命嗚呼，很快就停止不動了。

「什麼啊，真是輕而易舉。老身知道的巨人族可耐打多了，幻獸種的巨人充其量只有這種水準嗎？」

「聽起來真是英勇可靠的故事，我很想請教詳情也很想親眼拜見。妳要不要試著一個人對付那些玩意兒？」

聽到十六夜語帶挖苦的發言，持斧羅摩不解地順著他的視線往前看。下一瞬間，她滿心驚愕地瞪大雙眼。

因為被火山爆發帶起的岩石並非僅有一顆。

眼前有成千上萬顆能化為獨眼巨人的岩石正落向這片大陸的每個角落。

「……哎呀，這看來可費事了。」

「我的意見相同。那些傢伙的實力不差，妳想怎麼做？」

「若是只有老身兩人，多得是能躲起來的辦法，但是要帶上原住民一起逃走可就沒那麼容易。雖說老身尚未認同小童你，卻也不想對原住民們恩將仇報。」

「能聽到這些話就夠了，我們先過去焰那邊會合——」

在兩人轉身背對火山的那瞬間。

他們突然感覺到後方出現一陣冰冷尖銳的殺氣。

「嗚！」

十六夜反射性地握緊拳頭，持斧羅摩也拿起染血戰斧轉過身子。

感覺到背後冒出冷汗的兩人一起瞪著噴出濃煙的火山。

「哼，看來在老身休息的期間，卻有個相當危險的玩意兒甦醒過來。箱庭的諸神難道有自殺傾向嗎？」

「……這話什麼意思？」

「還能有什麼意思？讓『弒神者』之一加入主權戰爭根本不是腦袋正常的行為吧？一般的參賽者要是碰上，恐怕只會落得屍骨無存的下場。」

十六夜這時突然回想起……他本身體驗過類似剛剛那股殺氣的感覺。

兩年前——在那位大魔王醒來之時，眾人也目睹了同樣的光景。

充滿鮮豔色彩的火焰與玻璃城鎮遭到巨人族的蹂躪，最後被噴發的火山吞沒。許多亞龍戰士失去性命，惡鬼羅剎也如同塵埃般被摧毀消失。

看到那樣的光景，不知道是誰曾經高聲說道：

——「地獄之窯被打開了」。

「難道是……！抱歉，妳先逃吧！」

「什麼？不，你等等啊，小童！你沒聽懂老身剛剛說的話嗎！」

「拜託妳把焰他們帶去安全的地方！這樣一來就算互不相欠！」

十六夜硬拖著尚未恢復的身體往前衝。

滿心焦躁的持斧羅摩原本想追上去，從後方趕來的焰等人卻阻止了她的行動。

「等一下！妳想去哪裡？妳應該也知道自己的身體現在是沒辦法一個人到處走動的狀態吧！」

「唔……你是那個擔任醫生的小童。」

「我不是醫生！是研究人員！」

「那種事情怎樣都好吧……這裡只剩下你們嗎？」

持斧羅摩看向焰、鈴華以及白化症的少女。

焰點了點頭，鈴華則是把白化症少女交給持斧羅摩。

「釋天留下了口信！他說妳們兩個暫時由天軍負責保護，還要妳醒來以後前往西邊的海岸！」

「是……是嗎，抱歉讓你們特地跑一趟。」

「我們要和原住民一起逃走！持斧羅摩小姐也請趕快離開這裡！」

收下信件的釋天等人已經回到精靈列車上。

因為他們無法插手主權戰爭的舞台，老實說在不在場都一樣；然而碰上這種緊急事態，身邊沒有戰鬥人員肯定還是會讓焰等人感到不安。

而且對持斧羅摩來說，接受天軍的保護是一件很尷尬的事情。畢竟天軍中有太多認識的面孔，並不是一個適合她去避難的地方。

「……唉，沒辦法，這下只能先償還積欠小童的人情。」

「咦？」

沒進入狀況的焰忍不住回問，幾乎同一時刻，染血戰斧打碎了一行人上方的三顆落石。還沒成型就遭到破壞的巨人族化為碎片回歸大地。

「好了！動作快！原住民肯定早就準備好一兩個安全地點！先逃去那裡避難！雖然對不住這個白色的小姑娘，但她也只能暫時跟著老身！」

持斧羅摩扛起戰斧和其他三人，瀟灑地往前奔馳。

恐怕不消多久，火山噴出的濃煙就會籠罩整片大陸。

被散布到大陸上各個角落的巨人族啃食樹木，吞噬大地，將亞特蘭提斯大陸上的一切都化為自身血肉，持續累積更多的力量。

第五章

Last Embryo

另一方面——春日部耀獨自在地下迷宮中持續前進。

（……好熱。已經走了不少路，是不是靠近火山了？）

地下迷宮裡不但開始出現讓人呼吸困難的熱氣，而且越深入路徑就越集中，最後終於只剩下單一的通道。看樣子從這裡開始才是真正的迷宮。

嗆鼻的空氣刺激胸口帶來疼痛。

由於人類無法進入此處整修道路，因此前方是自然洞窟直接形成的迷宮。

僅管沒有出現任何事物阻撓耀的行動，但這份寂靜反而讓人害怕。

要是據說存在的那個怪物就在附近，就必須更加提高警覺。

耀加強五感的敏銳度並繼續前進，不久之後就聽到地下傳來像是戰鬥造成的爆炸聲。

她隨即察覺這是有人在戰鬥。

震動導致岩盤開始出現細微的裂縫。明明承受了數次足以引發崩塌的衝擊，這個迷宮卻完全沒有出現即將毀壞的跡象。

或許是靠著某種耀無從得知的恩惠來維持迷宮的形狀。

如果真是那樣，即使她在地下使出全力戰鬥，似乎也沒有引發坍塌的危險。

（嗚……搖晃的幅度越來越大了，到底是誰在戰鬥……？）

整個迷宮不斷晃動，彷彿化為一個生物；熔岩迅速往前移動，看起來宛如血流。

根據黑天所言，這片亞特蘭提斯大陸過去是同一個生命體。

雖說如此巨大的生命體連是否真正存在都讓人感到懷疑，不過在這個諸神的箱庭裡卻不是完全不可能……至少春日部耀就是抱著期待才會先行前來地下。

正常來說，對手恐怕是她無法隻身挑戰的強敵。然而假設敵人**真的是生命體**，事情可就另當別論。

因為擁有「生命目錄（Genom Tree）」的春日部耀在面對強大的生命體時，能夠模仿對方並激發出自身更進一步的力量。

（在昨天那場跟殺人種之王的戰鬥中……我可以說是撿回一條命。雙方的實力相差太多，自己甚至連使用王牌的機會都沒有。）

而且，耀的王牌在各方面都算是高風險。就算可以瞬間占得優勢，但考慮到遊戲是長期進行，情況自然有所不同。

收集好敵人的情報後，這張王牌要在最後的最後才用出來作為讓大勢底定的關鍵。

為了製造出那樣的狀況，必須盡可能事先收集敵人的情報。

（……感覺不遠了。）

走下熔岩洞後，耀來到一個覆蓋著結晶體的巨大空間。

不知道是這裡的岩盤堅固到能夠承受激烈的戰況，還是這些看起來像是結晶體的東西緩和了戰鬥帶來的衝擊……或許是後者吧。

耀躲進陰暗處打算觀察情況，卻目睹了超乎想像的光景。

「——你快點往後跳，仁．拉塞爾！」

現場響起幾乎要震破鼓膜的怒吼聲。

隨著這聲警告，一名少年跳往後方。

另一名可能是敵人的巨漢揮拳劃過空氣並擊中地面，整座礦山也因此發生比先前更嚴重的劇烈震動。可以和十六夜相提並論的強大力量導致迷宮各處都出現裂痕。

少年拍掉散落到自己身上的碎片，大聲下達命令。

「馬可西亞斯（Marchosias），你要上下擾亂敵人的視線並拉開距離，掩護赫拉克勒斯先生！珮絲特，妳要從全方位放出黑風覆蓋敵人並施加壓力！迦密（Carmel），你要繼續保持備戰狀態並尋找出手攻擊的機會！」

配合少年的指示，一群異形的存在開始行動。

長著翅膀的狼型魔神——馬可西亞斯以肉眼無法捕捉的速度往來於洞頂與地面，對敵人發動攻擊。

黑死斑神子——珮絲特喚出狂暴的病魔黑風，遮蔽敵人的視野。大概是因為她察覺病魔本身對敵人並沒有效果，才換成這種封鎖五感的方式。

最後是被喚作迦密的那名面具少年——他壓低重心，把磅礴盛大的氣勢全灌注到右手的閃電之槍上。

明明另外兩個異形存在都擁有神靈級的實力，閃電之槍卻釋放出非比尋常的驚人力量，連他們也無法靠近那個叫作迦密的少年。

一旦擊出，恐怕會貫穿洞頂熔解群山，直到命中箱庭的帷幕後才停下。毫無疑問，那是能被稱為神槍的武器。

然而他們的實力並不是讓耀感到驚訝的唯一原因。

還有那個對這些神靈或擁有同等力量的存在發出指示的少年。

雖說兩年以來長高了不少，但耀絕對不會看錯那個背影。

看到「No Name」以前的領導者——仁·拉塞爾正在負責指揮，春日部耀難掩心中的訝異。

（仁……？他為什麼在這種地方？而且還跟赫拉克勒斯先生一起行動！）

耀知道仁也參加了這場主權戰爭，卻沒料到他能比其他人都更早到達迷宮最深處。而且仁率領的異形們盡是能與神靈和魔王相提並論的存在。

尤其是那個名為馬可西亞斯的魔神，耀也相當熟悉。

馬可西亞斯是「所羅門七十二柱魔神」之一，擁有的恩惠能得出「戰鬥中的最佳解」，耀和馬克士威魔王交手時曾借用他的力量。

她不清楚仁是透過什麼辦法讓這些異形服從自己，不過那張充滿氣勢的側臉已經不再是兩年前的那個少年。

仁・拉塞爾想必是克服了無數考驗，才前來挑戰這場太陽主權戰爭。

由於黑色旋風擋住視線，春日部耀並不確定裡面的戰鬥情況。如果是一般的敵人，現在尚未分出勝負並不正常。

她還在猶豫是否要出手幫忙，卻發現風中的人影開始行動。

敵人突破珮絲特的黑風，高舉起巨大的戰斧，以類似劈柴的動作狠狠往下砍。

仁看起來被劈成了兩半，他的身體卻如同幻影般消失，隨即在另一個地方出現。

那不是空間跳躍，可能是讓對手誤認自己位置的幻術。

就像是在嘲笑閃躲並沒有意義，敵人揮下的戰斧擊碎大地震撼地盤。這一擊造成規模大到理應引發崩塌的劇烈搖晃，卻被覆蓋這一帶的結晶體吸收了所有衝擊力。

赫拉克勒斯當然沒有放過敵人因為動作太大而出現的破綻。

「哼！」

他掌握臂力、體重和往前衝刺的力量全部結合的時機揮動拳頭。

由於肝臟受到重擊，外表是個巨漢的敵人有點呼吸困難。確認對方暫時無法動彈後，赫拉克勒斯先是抓住敵人握著戰斧的那隻手並扭斷其關節，接著對迦密大喊。

「出招吧！迦密！」

叫作迦密的面具少年往前衝刺，宛如拽滿弓後疾射而出的箭矢。

看到帶有神雷的長槍，耀做出定論。

蘊藏著「勝利」命運的這把長槍——或是能與權能匹敵的這份力量，即使拿來和因陀羅賜予月兔的「模擬神格・梵釋槍」(Brahmaastra Replica)相比，顯然也毫不遜色。

面具少年以雙手舉起具備一擊必殺之力的長槍，瞄準敵人的側腹。

看到敵人被長槍貫穿並噴出血花的那瞬間，耀確信勝負已定。

（……！）

將近無限的閃電洪流一口氣灌注在敵人身上。梵釋槍在「煌焰之都」攻擊殿下失利那次，是連刺入對方體內都辦不到就被直接擋下。但是只要能夠貫穿敵人，勝利之槍就立於不敗之地。

勝利之槍被視為是最強的神造武器之一，直到擊滅敵人才會停止攻擊。如果少年的長槍也是同類型的武器，沒有理由無法打倒對手。

迸發的閃電讓仁等人無法看清。

唯一能以超人般視力掌握狀況的耀卻是臉色逐漸發白。

因為在龐大力量漩渦的襲擊下——敵人臉上卻浮現出嘲笑的神色。

他的眼中甚至帶著好奇，似乎想知道這把長槍的極限。

然而照理來說，那是絕對不可能發生的狀況。

儘管那把長槍想必只是模擬神格，不過「勝利」的恩惠正如字面所示，是一種面對被槍刺中的敵人時，能為長槍所有者帶來勝利命運的恩惠。

一旦發動，就算敵人擁有抵抗命運的能力，這種力量也能凌駕其抗性，將對方逼上滅亡絕境。因此對命運的抗性並非有效的對策，應該僅限於敵人擁有刀槍不入的恩惠，或是對熱量擁有無限抗性時才有可能反制。

「……這真是讓人驚訝，小鬼。我聽說過雅利安的勝利之槍，你這把槍卻屬於完全不同的系統。似乎是源自於烏加里特(Ugarit)神群，或是美索不達米亞神群。」

「……！」

敵人的聲音非常低沉，彷彿來自地獄的深處。名叫迦密的少年冒著汗抬頭望向敵人，更加用力地握緊手上的長槍。

「既然不是雅利安，想來是閃語族的神靈吧？而且混合了不少東西，看樣子應該是誕生沒多久的年幼神靈——但是很不巧，這種東西對真正的巨人族根本沒用！」

「嗚——快拉開距離！迦密！」

赫拉克勒斯大聲警告，不過已經太遲了。

敵人露出凶猛的表情，舉起戰斧砍飛迦密的首級。

少年並沒有噴出鮮血，而是跟先前一樣利用幻術轉移了位置。

敵人就像是早就料到這一招，只跨出一步就縮短了雙方的距離。

他把迦密當成一顆球輕輕踢了出去，迦密撞上結晶體岩壁的力道卻強烈得足以震撼大地。

少年的小小身體噴出大量血液。即使迦密已經倒地，敵人依舊毫不留情地繼續追擊。

……就在這一剎那。

為了保護少年而介入雙方之間的金翅火焰阻止了敵人的戰斧。

「『生命目錄』——形狀，『大鵬金翅鳥（Vāhana Garuda）』……！」

飛翔於空中的黃金之翼伴隨著熊熊烈火。

春日部耀抱起名叫迦密的少年，以神速在巨大空間中移動。

雖說除了不告而別，仁．拉塞爾還是和「Avatāra」一起行動的通緝犯，但是耀沒辦法繼續袖手旁觀。

看到突然冒出的介入者，仁睜大眼睛跑了過來。

「耀……耀小姐！好久不……」

「看招！」

耀不由分說，先賞了他一記連續劈掌。承受強烈衝擊的仁甚至覺得身高可能會再倒縮回去，好不容易才抬起頭來。

耀怒氣沖沖地對他說道：

「總之關於你擅自外宿兩年的問題，剛剛那下算是還清了利息。還有這孩子交給你了。」

「啊……好的……抱歉，迦密，你先休息一下。」

受傷的面具少年回到仁的恩賜卡中，馬可西亞斯也跟著消失。

看樣子這個叫作迦密的少年也聽從仁的命令，但他並不是普通的神靈。

以他擁有的靈格來說，要是正面對決，或許連耀也有危險。真沒想到過去那個不可靠的少年居然有辦法獲得如此強大的同伴……春日部耀暗自感到佩服。

「……不過還是看招。」

咚噗！

「好痛！利息不是已經還清了嗎！」

「剛剛那是我個人的利息，至於『No Name』的利息則是每秒增加一成。」

「根本高利貸！」

「嘻嘻……才過了兩年，似乎沒讓現任首領大人有什麼改變。」

珮絲特從耀的背後靠了過來。身穿黑色斑點戰鬥服裝的她來到像是要負責防守後方的位置，這才對著耀露出微笑。

確認珮絲特身影的耀也以笑容回應，隨即又轉回仁這邊。

「看招。」

咚噗！

「好痛！請……請等一下！這次又是為了什麼？」

「斑點蘿莉女僕的租金，我不允許你私自帶走共同體的共有財產，還展開愛的浪跡天涯之旅。」

「哎呀，原來我是共有財產？」

這我可不知道……珮絲特掩著嘴露出淘氣笑容。

看完兩人的反應，耀正式提問。

「……所以說那傢伙是什麼？迷宮裡的怪物？還是參賽者？」

「我想應該是參賽者。請多小心，敵人的戰鬥能力非比尋常。由於他先表現出殺意，我們也只好拿出全力應戰。」

耀做好備戰準備，看了敵人一眼。

在身高方面，對方和赫拉克勒斯差不多，或是頂多再高一點。身材魁梧到讓人驚嘆，武器是魄力不輸給本人的巨大雙刃斧（Labrys）。

頭上的角也擁有堂堂樣貌，確實夠格作為力量的象徵。

（牛的怪物……咦？我好像在哪裡聞過這個氣味。）

除了褐色的皮膚和呈現純白的頭髮，五官輪廓也讓耀覺得似曾相識。答案可能是個和她沒有太多交集的人物，不過耀還是覺得曾在哪裡聞過類似的氣味。

她目不轉睛地觀察對方的臉孔，結果當然是和敵人正眼相對。

外表是個巨漢的敵人也帶著好奇回看春日部耀。

「今天真是遇上了不少稀有種，沒想到居然有連神獸都能模仿的恩惠……不，那是權能嗎？不管怎麼樣，那力量和我母親的星權十分相似。」

敵人露出無畏的笑容。之前受到神槍攻擊時，他也是同樣的表情。

神槍的貫穿力雖然有效，伴隨的閃電卻沒有對他的肉體造成任何傷害。

耀和仁不由得感到困惑，赫拉克勒斯則是帶著敵意瞪向巨漢。

「……孝明的女兒，妳的『生命目錄』能運用到哪個階段？」

「咦？」

「妳現在使用的只到『外裝化』吧？能**更進一步**嗎？」

這突如其來的發言讓耀大吃一驚。她從未對別人說明自己的王牌，只有同一屆當上「階層支配者」的夏洛洛知道一些詳情。

「沒什麼好驚訝。因為當初在孝明能熟練運用『生命目錄』之前，就是我一直陪著他修行。因此大致上的機能我都很清楚。」

耀回想起昨天得知的往事，有點不好意思地搔了搔臉頰。

「啊……對了，聽說你在我還是嬰兒時就見過我了？」

「原來妳知道這件事。」

「是俄爾甫斯先生告訴我的。」

「這樣啊。我和妳的雙親有著不淺的緣分，尤其是關於妳的父親，我自認對他算是相當照顧……等這場戰鬥結束後，再來聊聊那時的事情吧。」

赫拉克勒斯露出溫和的笑容，不過這個笑容隨即消失。

他帶著嚴肅表情往前踏出一步，朝著背後丟出問題。

「我再問妳一次，妳能把『生命目錄』運用到哪個階段？可以使用『生命王冠（Genom Crown）』嗎？」

「這是我第一次聽到那個名稱，而且我只能使用到下一階段。」

「是嗎，那麼次數是？」

「……對不起，我知道你是父親的恩人，但是我無法透露出更多情報。」

赫拉克勒斯點點頭表示理解，用右手拿起巨大的棍棒。

「這些情報就夠了……如果那個男人是我知道的那個怪物，『生命目錄』有機會成為最後的關鍵王牌，所以妳要盡可能先保存實力。」

「？你知道敵人的身分嗎？」

赫拉克勒斯再度點頭回應，又往前踏出一步。

他帶著滿腔鬥志舉起棍棒，開口質問身形壯碩的敵人。

「神祕的闖入者，你剛才看到『生命目錄』後，曾經說過那力量和你『母親的星權』十分相似吧？然而回顧箱庭的歷史，擁有類似力量的存在只有兩個。

那就是製造出『生命目錄』的純血龍種——以及希臘的大地母神蓋亞。」

「什麼……！」

「哦，是那樣嗎？真是讓我長了見識，沒想到當初光是看到我就嚇到發抖的那個小鬼如今變得這麼有出息。覺得自己稍微追上父親了嗎，赫拉克勒斯？」

巨漢發出陰沉的哼哼笑聲。

赫拉克勒斯並沒有理會他的挑釁，反而回以大膽的笑容。

「……我當然還記得過去的事情。正是因為遇見你，我才第一次明白什麼叫作恐懼。明明和父神宙斯戰鬥時，自己也未曾受到那種感情的束縛——但是面對希臘神群最大最強也最邪惡的魔王，當時的我卻如同螻蟻。」

如同血流的熔岩躍動起來，彷彿是在肯定赫拉克勒斯的發言。

他舉著棍棒慢慢逼近敵人，鬥志高昂到似乎隨時有可能衝向對方。

春日部耀也推測出敵人的真面目，不由得按住因為緊張而心跳加快的胸口。

「這傢伙該不會是……？」

「沒錯，他就是在那場和反烏托邦戰爭與七天戰爭齊名的大戰『星神戰爭（Gigantomakhia）』中，最後才現身的希臘最強魔王……！」

「蓋亞么子」——毀滅人類的殺人種。

由藍星之星靈所產下，為了讓人類滅亡而生的魔王。

也是擁有亞特蘭提斯大陸這個巨大肉體的最強生命體之一。

「原本以為應該不可能，像這樣交手之後我終於可以肯定，你確實是那個『蓋亞么子』

沒錯。而且沒想到……沒想到你居然獲得人類的化身！你就是利用那個身體混入了主權戰爭吧！」

「正是如此。我本人也沒料到會以這種形式再度降世，更沒料到世上有那麼好事的出資者，竟然要求我必須參加主權戰爭。難道沒有預想過……我一旦回到自己的大陸將會做出什麼行動嗎？」

耀等人也猜出「蓋亞么子」的目的，紛紛倒吸了一口氣。

這時，耀總算回想起這個氣味的來源。

（對了……！這個氣味，**跟阿斯特里歐斯先生非常相似……！**）

不光是氣味。仔細一看，對方甚至連五官和基本骨架都跟阿斯特里歐斯像得誇張，手上的武器更是「迷宮（Labyrinth）」的語源——「雙刃斧（Labrys）」。

再加上阿斯特里歐斯目前下落不明，當然會讓人懷疑雙方之間的關聯。

赫拉克勒斯展現更強烈的鬥志，做好開戰準備。

「……看樣子接受詹姆士那傢伙的策略是正確決定。因為取回自身的肉體後，你這傢伙會採取的行動只有一個——你打算再度引起和諸神的戰爭吧！」

伴隨著一聲大喝，赫拉克勒斯往前衝刺並揮動棍棒。

據說能將大陸劈成兩半的這一擊卻被「蓋亞么子」以戰斧擋下。

兩人的衝突讓空間扭曲摩擦，噴出無數碎片並嚴重變形。

「就算只有我一個人，也足以打倒現在的你！在我面前現身是你的失策！」

「哼！小鬼也變得敢誇口了！」

「蓋亞么子」用戰斧把棍棒往上挑，接著高聲大笑，和赫拉克勒斯進行激烈的攻防。兩人的武器迸出陣陣火花。

「不過你的預測還真悠哉，赫拉克勒斯！我想毀滅的對象可不只箱庭的眾神！外界的人類也別想繼續苟活！」

正在應戰的赫拉克勒斯瞪大雙眼滿心驚愕。

「你居然連外界也不放過……」

「沒錯！現在的我已經得到毀滅人類的理由！那些傢伙沒有資格自稱為萬物之靈！因為對於那場悽慘戰爭之後定下的承諾——對於最後和母親許下的承諾，宙斯全都沒能兌現！」

一腳踹中赫拉克勒斯的側腹並把他踢飛出去後，「蓋亞么子」沒有發動追擊，而是以至今未曾表露過的憤怒表情看向春日部耀等人。

要是「蓋亞么子」繼續追擊，就算是赫拉克勒斯恐怕也無法安然無事。

但是他並未那麼做，反而往後跳開一大步，抓下一把熔岩洞中的結晶體。

「……這是個好機會，就讓你們也見識一下吧。見識我在遙遠未來獲得的人類罪業，見識那可憎力量的一部分！」

他從懷中拿出一個帶有機械感的面具。

面具不但大到足以覆蓋這個巨漢的腦袋，還遮住他臉孔的上半部並發出詭異亮光。

接著「蓋亞么子」把手上的結晶體咬碎吞下——於是紅黑色光芒開始籠罩他的全身。

「這種光芒……難道跟十六夜一樣……？」

耀察覺眼前的光芒和十六夜昨晚對抗黑風的攻擊具備相同性質，不由得全身發冷。

「啟動血中粒子加速器（Blood accelerator）——Type Tartaros……！」

——整個山銅礦脈都和 B.D.A 產生共鳴，開始不斷晃動。

當所有人的視線都被這眩目光輝奪走時，春日部耀瞬間推理出眼前種種的因果關係。

星辰粒子體的加速器為什麼能適應「蓋亞么子」的肉體？

啟動 B.D.A 為什麼必須使用熔岩洞裡的結晶體？

……她只能得出一個結論。

（該不會……這個人跟持斧羅摩小姐一樣，也是粒子體研究的被害者……？而且這個叫作山銅的結晶體還具備了和粒子體結晶相同的性質……？）

為什麼之前都沒想到呢？

星辰粒子體的原型是自然界裡的**被造物**（Creature）。

那是一種從遙遠過往就在歷史中如泡沫般湧現又消失的奇蹟物質。十六夜和焰的父親只是第一個查明這種東西的人，這種物質本身卻曾經在歷史中多次留下蹤跡。

礦山各處都因為和 B.D.A 共鳴而發生震動。

雖然個別的程度都很輕微，但是範圍遍及整個礦脈可就成了另一回事。

這種宛如心跳的震動讓往來群山之間的熔岩化為血流，造成一種彷彿有個生命剛剛誕生的錯覺。

就在這個瞬間，火山劇烈噴發。

以鐵面具蓋住臉孔的「蓋亞么子」咬碎周圍的結晶體，輕鬆得像是在品嚐果實。

「……以人類的玩具來說，這東西算是做得很好。這就是 Astra 的力量嗎？」

語畢，他先是看了耀等人一眼，接著又轉了轉手腕。

「在正式了結一切之前……先小試身手吧。」

這句話說出口的同時，「蓋亞么子」消失無蹤。他並非使用了空間跳躍。

而是以四個人都來不及反應的速度直直衝向春日部耀，縮短距離後不由分說地朝著她的側腹揮拳。

時間短暫得如同走馬燈閃過，但是耀已經準備迎接死亡。

畢竟敵人的臂力和靈格都和先前判若兩人。耀勉強往後退開半步，敵人的拳頭卻來得更快也打得更遠。

萬一遭到直擊，只有死路一條。肯定全身都會被打碎，沒有機會活命。

就在致命的拳頭即將碰到耀的那一瞬間——熔岩洞的出口傳來飛鳥的叫聲。

「——對不起，拜託妳了，阿爾瑪！」

閃電之盾往前急奔，希臘最堅固的防禦緊急介入耀的身體與敵人拳頭之間。

在千鈞一髮之際獲救的耀帶著驚訝回頭。

「飛……飛鳥！」

「春日部小姐，妳快點退開！現在的阿爾瑪無法支撐太久！」

閃電之盾出現裂痕。

阿爾瑪在昨天的戰鬥中已經身受重傷，然而沒有其他辦法能對應這個狀況。

戴著面具的「蓋亞么子」發現擋下自己拳頭的閃電是埃癸斯神盾後，露出凶猛笑容，在拳頭上灌注更多力量。

「哈！這還真是來了個不得了的古神（老人家）！我可沒料到有一天會看到宙斯的養育者站上最前線！」

「嗚……我也一樣。要知道我早已後悔過無數次，後悔自己在那孩子衰敗那天為什麼沒能在場……！」

「實在是了不起的母性。不過現在的妳就算趕到，結果也不會改變！沒有星權的最硬之盾根本和紙老虎沒有兩樣！」

阿爾瑪被追擊打飛。

把耀抱起來夾在腰間的赫拉克勒斯拉開距離，「蓋亞么子」卻沒有放過他們。戰斧前端掠過赫拉克勒斯的側腹，兩人都被掃了出去，狠狠撞上熔岩洞的牆壁。

要不是赫拉克勒斯擁有刀槍不入的恩惠，這一擊恐怕已經把他劈成兩半。

雙方的臂力原本不相上下，但是B.D.A的提昇效果造成了大幅差距。

「嗚……！」

「不過我的屍體也給出了超乎想像的反應，看來土八該隱那個研究者的情報並沒有錯。」

「你……！這力量到底是什麼！」

「我也沒做什麼大不了的事情。山銅這種傳說中的礦物是我的心臟，同時也是具備強大力量的一種『星之恩惠（Terra mater al）』。只是在外界，似乎把這東西稱為星辰粒子體的變異物質。聽說那些傢伙玩弄從永眠中甦醒的吾之化身，解放『天之牡牛』和蘇爾特（Surtr），甚至還到處散播病原菌。」

「什麼……那麼也就是說，外界的所有事件全都是利用你的身體為基礎去引發的？」

「那當然。雖說身體屬於他人，但『那個』是以吾之化身的血肉為根基而製成。若不是我強行醒來，我可憐的化身恐怕只能一直待在地獄裡哽咽悲泣……受制於所謂『拯救世界』的正義大旗。」

「蓋亞么子」的眼中出現灼熱的怒火。即使隔著面具也能感受到的猛烈憤怒蘊含著強大力量，彷彿光用視線就能讓次元出現裂縫。

他的化身——想必也經歷了地獄。

身處星辰粒子體研究的最前線，被迫各種接受不把人當成人看的實驗。

「蓋亞么子」以幾乎要捏碎骨頭逼出鮮血的力道握緊拳頭，帶著滿腔激憤對在場所有人大吼。

「在四千年前……也發生過同樣的悲劇。有個愚昧的國王高舉拯救國家的正義大旗，把一切負債都強壓在某人身上。那個人並沒有被當成英雄，甚至到現在仍舊被視為原罪的怪物……當時的我為了遵守和宙斯之間的約定，決定壓抑自己的怒火。」

「——……」

「但是……就是因為我放過了那次惡行，你們人類才會進化成這種極盡扭曲又醜陋的生物。四千年前，我果然不該放過米諾斯王！我應該對那些在希臘，在埃及，在歐洲耀武揚威的蠻族揮下憤怒之拳！全是自己過於怠惰，才會縱放人類累積出那種徹底腐敗的歷史……！」

覆水難收。

丟出去的骰子也無法收回。

世上早已無人能夠矯正這些進化成扭曲存在的萬物之靈。

從洞窟正下方湧出的巨大力量漩渦把覆蓋著結晶體的這個空間推向地面，作為死鬥的舞台。這些結晶體由驅動「蓋亞么子」心臟的粒子體凝固而成，擁有萬物皆無法相比的強度。

「因此——我要肅清人類。身為過去沒能揮拳之人，就在此時此地履行義務，清償讓人類成為『世界之敵』的罪過吧！」

「蓋亞么子」的身上冒出燦爛的巨大光柱。

這道光柱貫穿雲海直達天際，衝破箱庭的帷幕。即使越過了天空的盡頭，依然繼續往前延伸。

「——『Nec Plus Ultima』啟動……」

以光柱為中心，大氣開始形成漩渦。

赫拉克勒斯一察覺那是什麼，立刻擋在前方試圖保護其他人。

「怎麼可能……！難道你以這個身體也能夠使用那個嗎……！」

感到驚愕的人不只赫拉克勒斯一個，其他人也看過類似的景象。

眼前的光柱和過去曾經擊敗魔王，多次拯救眾人的光芒極為酷似。如果敵人打算使出的攻擊和那個面對最強種的巨龍也能一擊粉碎對方的光柱具備相同的性質，沒有任何人有能力與之抗衡。

就像是在對諸神的箱庭宣戰，「蓋亞么子」說出了光柱的名字。

「超越終焉閃耀吧——『模擬創星圖（Another Cosmology）』……！」

第六章

Last Embryo

——天空呈現出如同熊熊烈焰的赤紅，就像是黎明時分。

火山接連傳出彷彿正在朝著天空發射巨砲的聲響與衝擊。

遭遇到這種衝擊，就連平常穩定支撐世界的大地和溫柔包容一切的大氣都因為接下來即將發生的異變而恐懼顫抖。

山頂噴出的灰色濃煙以柱狀不斷往上延伸，似乎要突破天空；受到熔岩擠壓而噴出的石塊在空中飛舞，形成流星群般的光景。

岩石撞進山腹引起雪崩，削去大地的命脈。

伴隨著雪崩，因為天然氣、水蒸氣以及火山爆發而從地下噴射出的岩石與火山渣也宛如化成了一個生命體，沿著山坡向下滑動，將草木和以此為住處的動物都一一吞噬。

這些威脅以四足動物拚命逃跑也無法脫身的速度迫近，在天空飛翔的鳥類也難逃魔手。

火山碎屑流如血液般在大地上竄流，將接觸到的一切都燃燒殆盡。

山上到處都發生火災，不久之前還散發出翠綠光彩的景色如今卻蓋滿火山灰，轉變成生物無法存活的死之大地。

日光被升起的濃煙遮蔽，周遭逐漸昏暗到甚至像是黑夜降臨。

那是讓人聯想到世界末日的死亡噴發。

卻有一道光杆輕易地穿透而出。

這種能夠掃平群星仍有餘裕的力量，是肩負人類下一世代的存在才會被賦予的力量。

——睜大眼睛看清楚吧，渺小的舊時代萬物之靈。

此人正是由藍星之星靈蓋亞所產下，承擔星之王冠的一神。

箱庭二**位數**——希臘最強的魔王，堤豐（Typhon）。

也是將亞特蘭提斯大陸全土化為自身血肉而君臨的弒神之魔王。

（……啊啊，失敗了。）

已經太遲了，如今做什麼都無法與之抗衡。

宇宙論（Cosmology）會受到來自神話世界和物質界這兩種角度的觀測。既然敵人讓這樣的宇宙論獲得具體形式並作為裝備，當然沒有任何手段能夠承受如此的力量奔流。

無論是立於世界頂點的神話武器，還是支配世界的全能術理，充其量只是構成世界的要素之一。完全無法到達把世界本身當成武器施展的領域。

這一擊的威力強大到如果是在箱庭之外，甚至光是啟動就足以毀滅舊世界。

儘管每個人都明白根本不可能與之對抗——卻依舊充滿幹勁，決心**即使如此**也斷然不會放棄。

「拜託了，大家——只要一瞬就好，請幫我爭取時間！」

久遠飛鳥不管三七二十一地帶著天叢雲劍衝了出去。要說在這種狀況下還能有什麼生機，恐怕只剩下她手中的星劍。

春日部耀做好心理準備，舉起自己火力最強的羽蛇神之杖(Quetzalcōātl)。

久藤彩鳥把希望寄託在自身最信賴的愛劍上。

仁・拉塞爾的一絲期望，則仰賴了以「Avatāra」代理人身分來代為保管的神弓。

接著——赫拉克勒斯把歸還回來的太陽主權收入體內，發出足以震撼天地的怒吼。

「喔喔喔喔喔喔喔喔喔喔喔喔喔喔！」

他以牡羊座為媒介召喚出星船，並將星船搭在射手座的弓弦上。

希臘神話中的星船阿爾戈號被當成箭矢射出之後，就像是要為這一箭助勢，春日部耀的金星龍之砲火與仁・拉塞爾的神弓也隨即跟著擊出。

然而現實無情，這些嘗試全都徒勞無功。在質量與概念量方面，這世上沒有任何東西能超越「模擬創星圖」。除非是最高位的星靈或是成長到上限的龍種，否則要正面迎擊「模擬創星圖」是幾乎不可能辦到的事情。眾人打從一開始就很清楚這個結果。

因此赫拉克勒斯其實另有目的。

「——我已經擋住他的視線，接下來就交給妳了……！」

以星船為箭，其實只是為了利用其巨大體積來掩飾真正的攻勢。

看到另一名戰士拿出的武器後，很清楚從正面進攻也無法阻止敵人這一擊的赫拉克勒斯下定決心。他揮動強壯的手臂，把抓在右手上的少女——久藤彩鳥給全力投擲出去。

「看招——！」

彩鳥越過飛鳥，瞬間縮短和「蓋亞么子」之間的距離。在敵人即將擊出光柱之前，也就是必須以雙手使用「模擬創星圖」的剎那之間，遭到對方反擊的可能性極低。

星船的殘骸形成許多敵人的視線死角。

看到蛇腹劍後立即察覺其性質的赫拉克勒斯為了創造出這一瞬間的機會，不惜把星船作為棄子。

因為如果不這樣做，實在沒辦法從正面找出敵人的破綻。

彩鳥揮動蛇腹劍使出弧線斬擊，沿著殘骸間的縫隙攻向敵人雙手雙腳的肌腱。

她成功切斷了左手以外的所有肌腱，「蓋亞么子」卻若無其事地繼續發威。

「蠢貨……！妳以為天柱巨人(Atlas)能辦到的事情，我卻辦不到嗎！」

即使四肢流血，「蓋亞么子」仍舊繼續支撐著巨大光柱。居然能以單手達成支撐世界的偉業，這份強大的力量確實與最強的魔王相稱。

雖然肩膀以下的部位無法動彈，敵人仍舊保有怪力。「蓋亞么子」只靠著轉動腰部來帶起手臂，把彩鳥打飛了出去。

失手的彩鳥滿心痛恨地咬緊嘴唇。

就算爭取到了一些時間，但是以飛鳥的速度，要阻止模擬創星圖還需要再多幾秒。

再這樣下去，所有人遲早會連同亞特蘭提斯大陸一起蒸發消失。

「不行……！以我的速度沒法趕上！」

光柱聚集為一，化為一顆光球。整片大陸都被這股力量洪流吞沒，發生比先前強烈數倍的地震，連海嘯也開始對陸地造成威脅。

所有人——這次真的準備迎接死亡。

＊

「——沒法趕上？喂喂，妳怎麼才兩年就變得這麼溫柔婉約了，大小姐？」

面對逼近的巨大光柱，一道閃光竄過空中。

要是先前有任何人放棄，就算擁有閃光般的速度，想必也無法即時到達。正因為眾人在短暫時間內繼續奮戰，這個救兵也以如此高速全力趕來，才能製造出這次的機會。

超越極限啟動 B.D.A 的救兵——逆迴十六夜解放了寄宿於自身右手的光柱，發出氣勢萬千的怒吼。

「喝啊啊啊啊啊啊！」

「模擬創星圖」和「模擬創星圖」互相衝突。到了此時，「蓋亞么子」的臉上才第一次出現驚嘆神色。

「怎麼會……人類使用了『模擬創星圖』……？」

「你以為這是你一個人的專利嗎！少瞧不起人！」

兩道光柱都無法壓制對方，呈現彼此僵持的狀態。然而對於滿身瘡痍的十六夜來說，啟動B.D.A的行動卻對身體造成了更為嚴重的負擔。

快要放棄的飛鳥原本已經把舉起的天叢雲劍放下，但是她奔跑的雙腳卻一直堅持往前。

在天叢雲劍的劍鋒捕捉到「蓋亞么子」的那瞬間，兩個「模擬創星圖」化為沒有特定方向的力量洪流襲擊天地。

「蓋亞么子」壓著面具表現出痛苦反應，以令人駭然的表情瞪著十六夜等人。

「這是……極相星劍嗎！怎麼可能，王者之劍（Excalibur）不是已經在反烏托邦戰爭裡失傳了嗎！」

「遺憾的很！這次是不知道加冕寶劍是東西成對的你輸了！回去好好學習後再來吧！」

飛鳥收刀打算再砍一劍，不過敵人當然沒有好對付到會讓她砍中第二次。

「蓋亞么子」似乎很不甘心地轉身走向火山的噴火口。

儘管這是絕佳的機會，十六夜等人卻也沒有發動追擊的餘裕。

面對被解放的力量洪流，飛鳥根本無法站定腳步，直接被強風吹往西方。耗盡力量的春日部耀差點被崩塌的土石吞沒，幸好仁·拉塞爾在千鈞一髮之際借用珮絲特的力量將她救起。

十六夜試圖抑制力量盡可能減少損害，B.D.A卻無法承受兩股力量的衝突。他的右手和B.D.A幾乎同時粉碎，十六夜本人則以高速朝著地面落下。在即將撞擊到地面時，赫拉克勒斯滑過來接住了他的身體。

赫拉克勒斯抱起十六夜，擦了擦沾滿火山灰的臉頰，露出感到自豪的笑容。

「哎呀……真是了不起的傢伙，我完全沒料到你居然連『模擬創星圖』都能夠使用。」

「……能用是能用啦，只是破綻太大所以很少使用，而且連我本身也不太了解這個力量。平常最好的選擇還是自己的可靠拳頭，你也這樣認為吧？」

「嗯，我同意。」

處於瀕死狀態的十六夜隨便揮了揮手，赫拉克勒斯則一本正經地點頭。

雖然他總算以自己的雙腳站了起來，不過已經無法繼續戰鬥。

「……傷腦筋，好不容易這場遊戲總算有點亞特蘭提斯大陸該有的氣氛，身體卻無法動彈。即使想休息，大陸上卻因為到處都出現巨人族而陷入混亂。我說你心裡對這狀況有沒有什麼頭緒啊，希臘的大英雄先生？」

面對笑容裡帶著挖苦的十六夜，赫拉克勒斯仍舊正經八百地回應。

「沒問題，因為到巨人族甦醒的部分還跟遊戲原本應有的流程沒有太大不同。其他的參賽者想必正在和巨人族交戰吧。」

「……哦？那麼原住民果然是跟你一夥的？」

「當然是，但是接下來的謎題必須由你們這些參賽者自行解開，畢竟還發生意料外的『蓋亞么子』來襲事件……就算身體不能動，你的腦袋也還很靈光吧？」

聽到赫拉克勒斯的發言，十六夜聳了聳肩。

他全身上下都受創慘重，不過已經理解大致狀況。

解謎所需的必要關鍵也大部分都湊齊了。

「……也罷，那麼首先安排參賽者到同一個地方集合並拉起防線吧，因為我先前似乎誤解了這次遊戲的破解方法。等所有人都集合以後，我們就可以開始了。」

「開始？你要開始什麼？」

對於赫拉克勒斯的提問，十六夜回以一如往常的呀哈哈笑聲。

「這還用說嗎？當然是針對構成希臘神話根基的謎題——大父神宣言之謎進行解謎啊！」

後記

抱歉讓各位久等了，本書是《問題兒童的最終考驗》第六集。

原本拚命努力想在秋季出版，但是寫作的速度當然不可能那麼容易提升。一邊處理《The Sneaker LEGEND》用短篇、購入特典用短篇以及週年慶用短篇等堆積如山的短篇後，總算在半年內出了本書。到底是哪個傢伙安排了這種行程表？噢，是我自己啊，是什麼都回答ＯＫ的我有錯嗎？

既然已經提到短篇，乾脆趁這個機會來介紹一下！

《The Sneaker LEGEND》用短篇的內容和逆廻十六夜＆御門釋天＆久藤彩鳥有關，是解決現代社會失蹤事件的故事。

Sneaker 文庫的週年慶用短篇是久遠飛鳥和傀儡人偶之神戰鬥的故事。

另外還有各家通路書店附贈的購入特典用短篇，對小故事有興趣的讀者請務必看看。

那麼，亞特蘭提斯大陸篇會在下一集結束！續集預定於六月出版！敬請期待！

竜ノ湖太郎

後台

問卷回答單元!!

這個單元原本是在「竜ノ湖太郎作品」
官方推特帳號上定期刊登的熱門企畫！
對於各位提出的疑問和質疑，
會由作品中的角色們做出生動活潑的有趣回答！
這次是箱庭三大最強種篇！

「竜ノ湖太郎作品」
官方推特帳號在這邊！➔

※ 部分手機型號可能無法順利讀取ＱＲ碼。
※ 使用者必須自行負擔網路連線費用。

天生神靈篇

讓各位久等了，
這裡是後台的問卷回答單元。

本次要解答關於最強種的疑問，
因此召集了和話題有深厚關聯的人物！

還找了阿爾瑪特亞
來擔任特別主持人。

嘻嘻，實在不敢當。
在最強種中，這次我想針對「神靈」說明。

天生的神靈……是指和人類為相互觀測者，
並且持有相異宇宙論的生命體。
和人類擁有不同宇宙論・Another Cosmology 的神群……
他們居住的世界都存在於宇宙的外側，無一例外。
以人類的用語來說，正確的名稱應該是外宇宙吧。

沒錯，因為除了時間密度不同，物理定律、
固有時間以及天體定律也都是完全相異的不同次元，
可以和箱庭一樣定義為外宇宙。順便說明一下，
「天生神靈」並非意指「純血神靈」，可不要有所誤解。

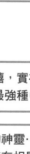

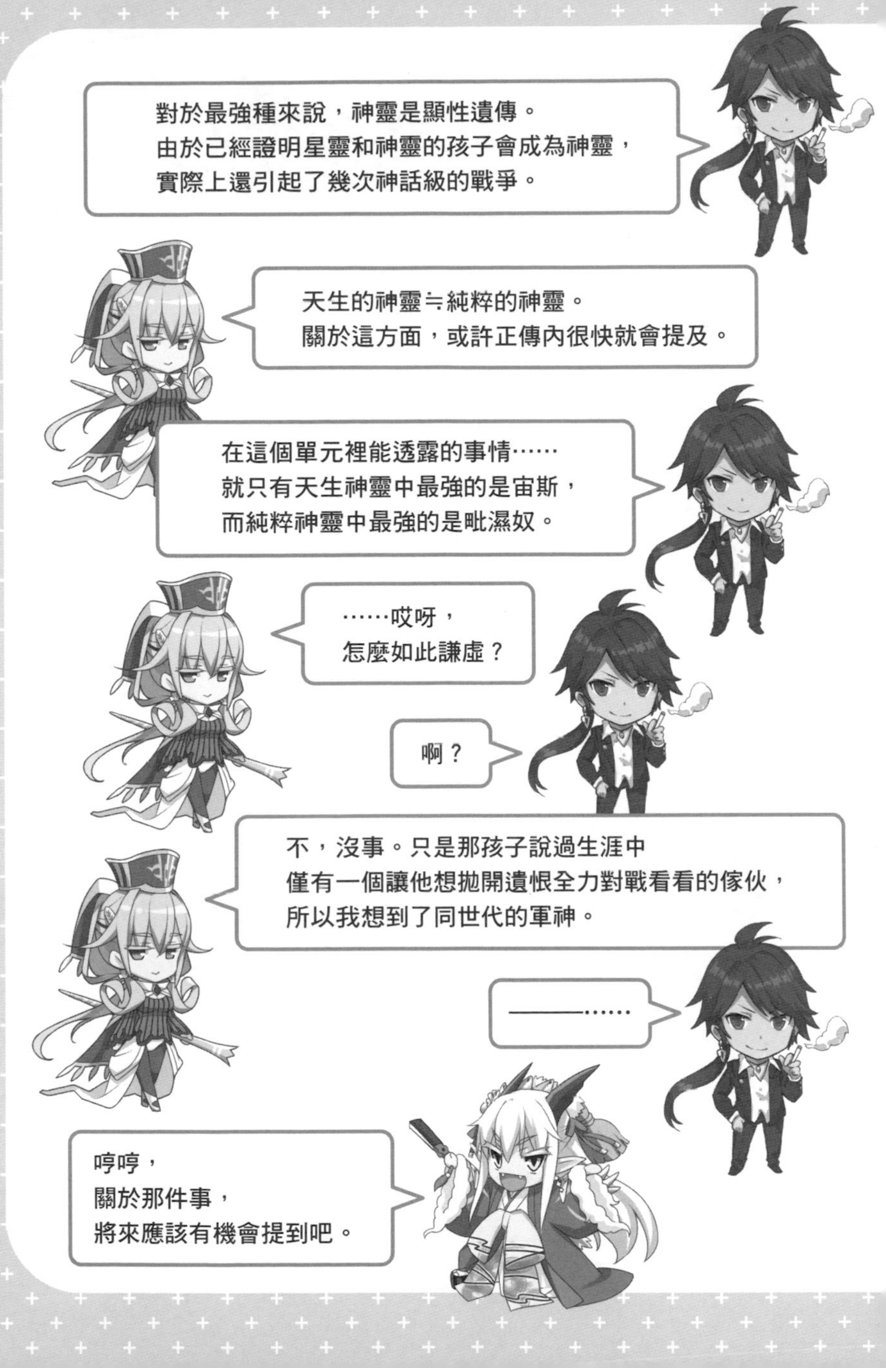
對於最強種來說，神靈是顯性遺傳。
由於已經證明星靈和神靈的孩子會成為神靈，
實際上還引起了幾次神話級的戰爭。
天生的神靈≒純粹的神靈。
關於這方面，或許正傳內很快就會提及。
在這個單元裡能透露的事情……
就只有天生神靈中最強的是宙斯，
而純粹神靈中最強的是毗濕奴。
……哎呀，
怎麼如此謙虛？
啊？
不，沒事。只是那孩子說過生涯中
僅有一個讓他想拋開遺恨全力對戰看看的傢伙，
所以我想到了同世代的軍神。
——……
哼哼，
關於那件事，
將來應該有機會提到吧。

星靈篇

這次要解說
最強種中的「星靈」！

星靈……是指在最強種中
也擁有更強大力量的種族吧？
最近還出現據說是藍星之星靈的人物，
究竟星靈是如何誕生的呢？

只有靠自身力量來獲得自我，
或是靠神靈促使覺醒這兩種方法。
藍星之星靈大多可以獲得
大地母神的位置。
印度神群的頗哩提毗．瑪塔和希臘神群的
大地母神蓋亞就是最古老的例子。

大地母神蓋亞被促使她覺醒的古老諸神
賦予了成為星之楔的使命，
據說孕育出眾多的種族與神明。
白夜叉大人應該與她相識吧？

……嗯，當年認識她時，蓋亞是個
和頗哩提毗完全相反的純真無垢少女。
她對眾神的未來和人類的未來抱持
肯定看法，也總是露出快樂笑容。

「既然人類是星球的一部分，人類的發展就等同於星球的發展。如果有一天人類可以像蒲公英絨毛那般飛越海洋、飛越天空、飛越世界，幫忙送來星之種子，我覺得就會是最讓人開心的事情。」……她以前似乎曾經帶著幸福笑容說過這些話。
哇……！光聽敘述就覺得蓋亞真的是一位很棒的地母神呢！
是啊，我聽說男神們每一個都對她心懷愛慕，也每一個都很嚮往她講述的未來。
哎呀呀……結果吸引了一些不妙的害蟲嗎？這種時候要有人跳出來保護她才行！
……是啊，如果當時有人保護她、支持她的話……或許就不會演變成那樣的悲劇。
白……白夜叉大人？您的表情好可怕啊！髮尾也有點變黑了……？
嗚喔喔喔!?真是抱歉，我差點控制不了暴食的衝動！

純血龍種篇

這次請來了和純血龍種有深厚關聯的兩位貴賓！

我很久沒參加後台單元了。

話說這個提問真是奇妙，
我對龍種並不是特別熟悉啊？

我也不是很清楚，頂多只能針對作品中的說明
做一些補充，這樣也沒關係的話就來聊聊吧。

首先，純血龍種具備「毫無前兆就突然發生」的
特色。這應該可以說是找遍全箱庭
也只有龍種符合的特異性質。

不需要功績也不需要聚合點，甚至連相互觀測者也不需要。
因為作為生命，純血龍種是從世界的因與果中分離出來的
存在，所以一般似乎推論純血龍種可能持有名為
「自我觀測宇宙（Personal Cosmology）」的
固有宇宙觀，或者本身就是那樣的宇宙觀。

哦哦？剛剛提到了正傳沒有出現過的專有名詞，
真的不要緊嗎……!?

沒問題沒問題。
因為劇本上寫了很快就會在本傳裡
針對這件事稍作說明。

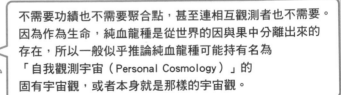

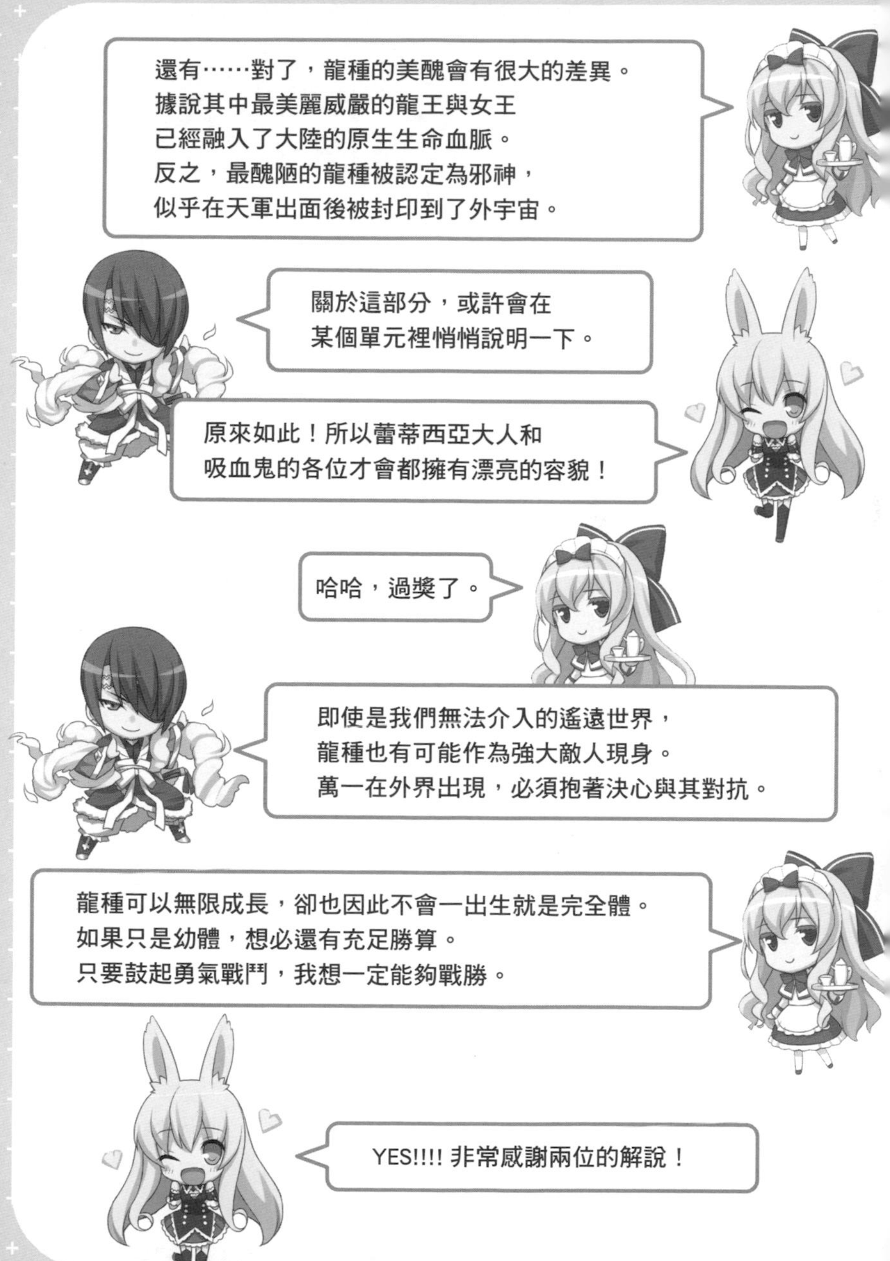
還有……對了，龍種的美醜會有很大的差異。
據說其中最美麗威嚴的龍王與女王
已經融入了大陸的原生生命血脈。
反之，最醜陋的龍種被認定為邪神，
似乎在天軍出面後被封印到了外宇宙。
關於這部分，或許會在
某個單元裡悄悄說明一下。
原來如此！所以蕾蒂西亞大人和
吸血鬼的各位才會都擁有漂亮的容貌！
哈哈，過獎了。
即使是我們無法介入的遙遠世界，
龍種也有可能作為強大敵人現身。
萬一在外界出現，必須抱著決心與其對抗。
龍種可以無限成長，卻也因此不會一出生就是完全體。
如果只是幼體，想必還有充足勝算。
只要鼓起勇氣戰鬥，我想一定能夠戰勝。
YES!!!! 非常感謝兩位的解說！

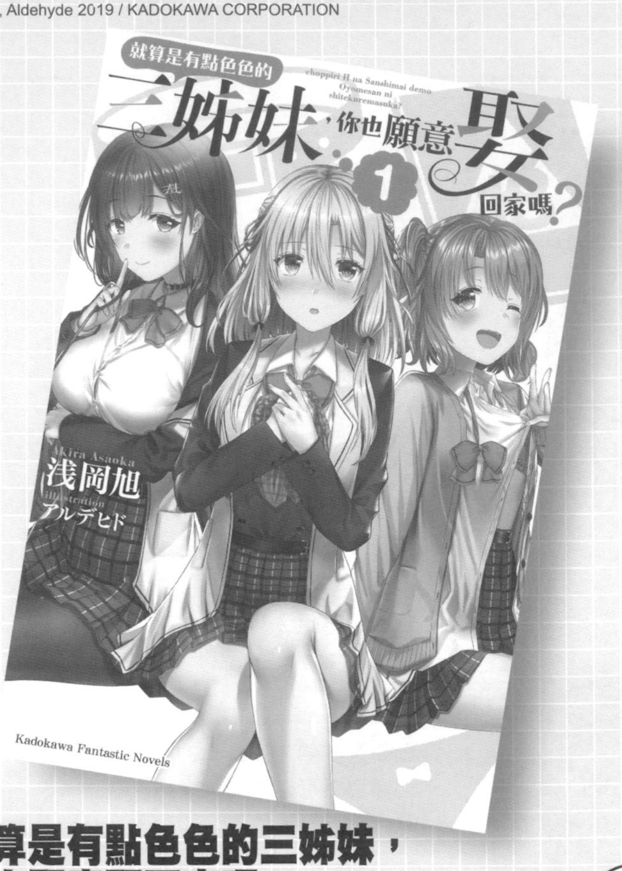

就算是有點色色的三姊妹，你也願意娶回家嗎？ 1 待續

Kadokawa Fantastic Novels

作者：浅岡旭　插畫：アルデヒド

同居的對象是美少女三姊妹！而且全是變態？
三倍可愛、三倍香豔的姊妹戀愛喜劇！

貧窮高中生的我，一条天真，從極度寵溺女兒的大企業社長手中接下神祕的打工委託；沒想到三姊妹全都有不可告人的興趣，全都想找我發洩性慾！要是被她們的父親知道了，我會被開除的！既然如此，我要好好矯正妳們的特殊性癖，讓妳們成為完美的新娘！

NT$220/HK$73

我想成為影之強者！ 1 待續

Kadokawa Fantastic Novels

作者：逢沢大介　插畫：東西

中二病妄想全都變成現實？
主角威能×異世界轉生×會錯意喜劇降誕！

少年席德憧憬著以路人身分隱藏力量的「影之強者」——轉生到異世界後，席德設定的妄想敵人「迪亞布羅斯教團」似乎真的存在？同時，因為部下少女們「會錯意」，他一無所知地成了真正的「影之強者」！一行人建立的「闇影庭園」，將殲滅黑暗——

NT$260/HK$87

打倒女神勇者的下流手段 1~4 待續

Kadokawa Fantastic Novels

作者：笹木さくま　插畫：遠坂あさぎ

為了尋找「精靈之墓」踏上旅途，結果遇見滿口惡言的怪胎精靈!?

真一為了攻略女神本體而踏上旅途，在途中聽說當年女神曾下令破壞一個叫「精靈之墓」的地方。可是精靈一族不僅排斥人類，魔力甚至強大到連不死身勇者都能趕跑。儘管他打算盡可能友好地與對方接觸，滿口惡言的精靈卻惹火了瑟雷絲——！

各 NT$200~220/HK$67~75

讓愛撒嬌的大姊姊教官養我，是不是太超過了？ 1 待續

Kadokawa Fantastic Novels

作者：神里大和　插畫：小林ちさと

「今後就由我來負責養你♥」
26歲前教官×17歲學生的同居奇幻故事登場！

惡魔殺手中的頂尖菁英提爾・弗德奧特為了保護前教官米亞・塞繆爾而身負重傷。米亞原本就對提爾懷有好感，於是以照顧提爾直到傷勢痊癒為藉口，兩人展開了同居生活！讓米亞親手餵飯、穿制服上街約會的甜蜜蜜生活就此開始……！

NT$220/HK$73

最終亞瑟王之戰 1~2 待續

Kadokawa Fantastic Novels

作者：羊太郎　插畫：はいむらきよたか

以凜太朗為籌碼，
新的一戰開始了！

凜太朗和瑠奈遇到了新的亞瑟王繼承候選人，而她竟然是凜太朗曾經教授過戰鬥方式的弟子艾瑪．米歇爾。面對侍奉艾瑪的「騎士」蘭馬洛克卿，屈居劣勢的瑠奈竟賭上凜太朗，和瑠奈展開一場王者格局的較量──

各 **NT$250/HK$83**

汪汪物語～我說要當富家犬，沒說要當魔狼王啦！～ 1~2 待續

Kadokawa Fantastic Novels

作者：犬魔人　插畫：こちも

悠閒自在的寵物生活亮起紅燈!?
大人氣「非人轉生」奇幻小說第二彈！

洛塔如願以償轉世成為富家犬，隱藏自己魔狼王的身分，過著悠閒自在的寵物生活。然而在造訪王都之際，被喜愛珍禽異獸的千金小姐收藏家挖角？冒險者團隊還來到宅邸所在的森林進行調查。眼見寵物生活面臨危機，美麗魔女荷卡緹等人展開溫泉大作戰！

各 **NT$200~220/HK$67~73**

國家圖書館出版品預行編目資料

問題兒童的最終考驗. 6, 激鬥!亞特蘭提斯大陸
/ 竜ノ湖太郎作 ; 羅尉揚譯. -- 初版. -- 臺北市 :
臺灣角川, 2020.04
面 ; 公分. -- (Kadokawa fantastic novels)
譯自 : ラストエンブリオ. 6, 激闘!! アトランティス大陸
ISBN 978-957-743-683-2(平裝)

861.57 109001878

Kadokawa
Fantastic
Novels

問題兒童的最終考驗 6
激鬥！亞特蘭提斯大陸

（原著名：ラストエンブリオ 6 激闘!!アトランティス大陸）

2020年5月19日　初版第1刷發行

作　者：竜ノ湖太郎
插　畫：ももこ
譯　者：羅尉揚

發行人：岩崎剛人
總經理：楊淑媄
資深總監：許嘉鴻
總編輯：蔡佩芬
主　編：朱哲成
美術設計：宋芳茹
印　務：李明修（主任）、張加恩（主任）、張凱棋

發行所：台灣角川股份有限公司
地　址：105台北市光復北路11巷44號5樓
電　話：（02）2747-2433
傳　真：（02）2747-2558
網　址：http://www.kadokawa.com.tw
劃撥帳戶：台灣角川股份有限公司
劃撥帳號：19487412
法律顧問：有澤法律事務所
製　版：尚騰印刷事業有限公司
ISBN：978-957-743-683-2